U0050153

病夫不簡單 下

文創風 809

指尖的距離 著

風 文創 809

目錄

第四十章

小秀其實有一點緊張。

兩輩子加起來，她還從來沒有對過別人呢。

楊小雪則昂起頭，想要和她說一說這面料的不同凡響之處。

周文只覺得這樣的小姑娘太可愛了，那明明緊張兮兮，卻偏要伸出小爪子的模樣，實在太招人喜歡了。

他忍不住推著輪椅到了小秀身後，藉著長衣袖的遮擋，衝動地拉住了小秀的手。

小秀被他突如其來的舉動嚇得渾身一激靈，整個人都傻掉了，此時腦子裡一片空白，哪裡還記得原本想要說些什麼？

某個登徒子見小姑娘被自己嚇到了，趕緊挺身而出。

「楊姑娘，我想小秀姑娘的意思是……」

因為心情實在太好了，他不經意就對著楊小雪露出了一個大大的笑容。

楊小雪一時被那個笑容晃花了眼，盯著周文的日光就有些癡迷。

小秀看見她這副樣子，立刻就清醒了。

周文的手被人狠狠捏了一下。

「我自己會說。你不許說話，老實待著。」

某人立刻聽話的閉上嘴巴。

可是人家姑娘的小手，他可一點也沒有要鬆開的意思。

他家小姑娘只說了讓他閉嘴，沒說讓他鬆手呀。

「我的意思是，這麼漂亮的衣裳，妳要不要留著去城裡的時候再穿？咱們這鄉下地方，不適合扮公主或小姐。堂姊，妳還是快點回去吧。」

院子裡一片寂靜。

楊小雪面上的笑容終於收了起來，臉上一陣紅、一陣白的。

周文再次笑了笑。「楊姑娘是一個大忙人，我們就不留妳了。謝謝妳來探望家母，不過無功不受祿，這燕窩和茶，妳還是拿回去吧。」

這次，楊小雪沒有被他的笑容迷惑，她只覺得渾身發涼，心中有了不好的預感。

「至於這家裡，若是有什麼楊姑娘感興趣的，妳儘管參觀。如果楊姑娘還有什麼想知道的，不用兜圈子，直接問我就行。」

這位姑娘自從進門起，不是在自以為「不著痕跡」的四處打量，就是在套他的話。

周文輕飄飄的幾句話，就讓楊小雪既尷尬又難堪。

「周大哥真會開玩笑，今天是小雪失禮了，我一時好奇，就多打量了幾眼，沒想到倒惹得周大哥多心了。那小雪就不打擾，先告辭了。」

楊小雪繼續端著那優雅的姿態，拿起桌上的東西，提著裙襬走人了。

兩人目送著楊小雪出了院子，一時間都沈默下來。小秀只覺得自己被人握住的手滾燙，她試著收了收，某人卻不肯放。

「小秀，妳這個堂姊有些意思，她說話、做事，可不像沒什麼見識的鄉下人。」

小秀不高興的瞟了某人一眼。

「是啊，她那麼漂亮，還會打扮，又會說話，當然不是我這種沒見識的鄉下人能比的。我堂姊從小就想當千金小姐，現在大了，估計是想當秀才娘子了。聽說這村子裡的男娃子都想娶她，你要是也想娶，可得抓緊了。」

周文看著他家的小醋罈子，也不說話，只是手上突然一用力，小姑娘就跌到了他懷裡。

「你你你……」小秀被抱住，先是呆了，接著立刻紅著臉掙開，跳起來逃得遠遠的。

「我不想娶她。不過，我是得抓緊時間掙聘禮銀子了。」

在周文飽含深意的目光下，小秀的臉越來越紅。

梅氏聽見唯一的外人走了，立刻起身就要往外衝，周秀才一把將人扯了回來。

他做了一個噤聲的手勢，指了指窗外。

「秀才老爺，」梅氏忍著笑點了點頭。「你聽到了吧？下次再隨便給漂亮姑娘家開門，小心被山裡的精怪抓去當壓寨夫君。」

她一邊小聲說著，一邊湊到窗戶前，偷偷看著外面笑，笑著笑著，一回身，就撞到了身後那個人的懷裡。
一時間，屋裡、屋外都靜極了。
「哥、哥，不好了！」
周小武飛一般的跑進院子，「啪」的一聲關上院門，還上了鎖。一看到小秀，剛才還急得不行的小傢伙立刻變了一副模樣。「小秀姊姊？」
「小武，你回來了。」小秀心虛的對著小少年笑了笑。
小武覺得對面的兩個人，有哪裡怪怪的。「小秀姊姊，小虎他們已經回家去了，剛才我們正好碰上順子哥和那位客人，他們正在山腳轉悠呢。」
小武說起那位客人的時候，就不停朝他哥使眼色。
「我出來太久了，得趕緊回去了。」小秀突然道：「晌午你們都去我家吃飯吧。」
她低下頭，不好意思看周文。
「一會兒我去一趟黃大嬸家，看看她家今天有沒有做豆腐，還得再去大壯哥家問問，看看能不能買到兩條魚。要是沒有，就把家裡的山雞殺了燉來吃。
「我走了，一會兒你們早點過來啊。」
周小武急得跳腳。
這兩個人今天這是怎麼了？
說話怪怪的，眼神怪怪的，人也怪怪的。

小秀姊姊這都說了半天要走了，可是，她怎麼還不走啊？

他還有急事要和他哥說呢。

「小秀姊姊，我們就不過去吃飯了，妳家裡有客人，不方便呢。晚點妳再抽空過來，給我們煮點粥就行。」小武不等他哥回答，就心急的插嘴，拒絕了小秀的邀請。

周文自然看出小武那副心急的小模樣，這才不著痕跡的鬆開人家小姑娘的衣角。

小秀拎著兩條大鯉魚、兩塊豆腐，以及一小籃雞蛋往家的方向走。

遠遠的，她就聽到了自家弟弟的歡呼聲，好像還有很多小傢伙的聲音？

「秀兒啊，妳回來了。」徐氏正在廚房門口摘菜，看見她手裡的東西，趕緊迎上前接了過去。「娘就知道，妳是出去尋摸要做什麼菜了？這下子，菜就足夠了，一會兒叫上妳爺奶，還有妳周叔、周嬸他們都來咱家吃。」

娘倆一個洗菜、切菜，一個處理魚，很快就備好了菜，可以點火了。

「小秀，妳把那大灶留著，等會兒殺了山雞，用大灶燉，魚在這小灶上燉。」

「娘。」小秀湊到她娘身邊，扯了扯她娘的衣角。「今天咱家有這魚和豆腐，那山雞就先別殺了唄！」

那隻山雞被她養得肥著呢，等收莊稼的時候再殺，正經能吃上兩頓呢。

「還有，我剛才問過了，周叔一家一會兒不過來吃了。」

徐氏看著自家閨女那小氣樣，就抿嘴笑不停。

「娘，您笑啥啊？」

「閨女啊，這魚娘來燉，妳還是去後院瞅瞅吧。妳沒聽小虎他們在那邊正鬧騰的歡嗎？快去、快去。」

小秀一臉好奇的去了後院。

「祈大哥，你好厲害！」

「哇，太神了！」

「就這麼一下衝過去，那山雞就被逮住了。」

「就是、就是，簡直就和說書裡那大俠一樣。」

後院的茅草屋外面，祈浩正被一群小傢伙纏著脫不了身。

楊有田和楊順子一人坐一邊，手中飛快的動作著，正在編籠子。

「小秀姑娘，妳回來了。」祈浩見到小秀，立刻笑著咧開了嘴。

「祈大哥，聽說你和我哥去山腳下轉悠了？」

「姊，妳快看！」小虎喊道。圍著祈浩的小傢伙們，一下子散開了。

小秀驚得目瞪口呆。

只見祈浩身後，一堆山雞和野兔都被草繩捆著，就那麼丟在了地上。

第四十一章

小秀湊上前去，一隻隻數了起來，越數越開心。「天哪，這都是哪來的？」一臉歡喜的小姑娘，眼睛裡好像有星光在閃爍。

祈浩見了，心裡也充滿了喜悅。

他是小秀走了以後，才反應過來的。他就這樣空手上門，一點禮物也沒帶，實在太失禮了。他為難了半天，想到小姑娘養的那隻胖山雞，這才靈機一動，想到捉些野味當禮物的法子。

小姑娘果然很喜歡。

小虎和那群男娃子嘻嘻哈哈的圍過來，你爭我搶的給小秀比劃起來。

「全部都是抓的！」

「祈大哥抓住的！」

「我們幫著捆的！」

「祈大哥可厲害了，他蹲下來看一看，就知道在哪能找到山雞！」

小秀歡喜的向祈浩道謝。

她想起她娘剛才笑話她的模樣，也抿嘴笑了起來。

周家。

小武把人都叫進他哥的屋裡，一臉緊張。

「哥，順子哥家裡來的那個客人，就是鎮上來的那幫當兵的頭兒。他們收了咱們遞過去的消息，就進山找那些外族人了。今兒突然來這兒，會不會是叔叔派過來的？」

「他們來鎮上找人，是不是發現咱們了？」梅氏緊張地問。

「他會不會以前在京城見過你？」小武問。「哥，咱們要不要早做打算？」

三個人齊刷刷的看向周文。

周文一臉沈思狀。「所以，他就是那個閒來居的少東家？小秀口中那個人很不錯的祈大哥？」

周秀才。「……。」

周小武。「……。」

只有梅氏一臉笑，很是歡快的點頭。

「沒錯，兒子，你的情敵來了，還是大老遠來找你麻煩的人。兒子，咱要不要去把那傢伙揍一頓，然後丟山裡餵狼？」

周文看了他娘一眼。「我是那麼衝動的人嗎？」

他的情敵是任何人都能當的？

「這麼多天了，那些外族人的事，一點進展都沒有？」
「讓人過去，把線索都轉給他。若是實在不行，就派個嚮導給他們。」
有些人就是太閒了，才會有空想東想西。正事一件沒辦成，竟然還好意思出門做客。先給他找點事做，然後再……

正在楊家當貴客的祈浩，接連打了好幾個噴嚏。
他不好意思的揉了揉鼻子。
「楊大叔、嬸子，我這次過來，是特意來通知你們的。之前的事，都是馮掌櫃誤會了，如今事情已經弄清楚了，是他錯怪你們了，以後你們挖了野菜，只管送去店裡，其他的吃食，只要是酒樓裡用得到的，也儘管送。」
楊家人聽了這話，你看看我、我看看你，都沒有說話。
本來埋頭吃飯的小虎吞下了嘴裡的東西，一臉天真地問：「祈大哥，以後你會一直待在店裡嗎？那店裡的事，都是你說了算嗎？那掌櫃的，只聽你一個人的嗎？要是我們把菜送去了沒人收，還像上次那樣，見不到你怎麼辦？」
祈浩一臉不好意思。
「上次的事實在是對不住了。那幾天我出門辦事，昨天才回來，我一聽說這事，就趕緊過來了。以後不會了，我會囑咐好他們的。」

「哈哈，先不說這個，吃飯、吃飯，今兒順子娘這山雞燉得不錯，你快嚐嚐。」楊老爺子熱情的招呼祈浩喝酒、吃菜。

飯後，楊老爺子和楊有田陪祈浩說話，楊家其他人則躲在廚房裡商量。

「姊，咱們不是說好，要趕緊挖最後一季野菜，然後就開始曬蘑菇嗎？咱還要養山雞呢，我那蚯蚓堆也好長時間沒弄了，如今又有了這兔子，我這小身板都累得不長個子了。」

「周大哥不是說了，讓咱把菜都留到冬天再賣，到時候能多賣好幾倍的價錢呢。他還說，他有法子幫咱賣到縣城去，又說做事不能三心二意的，皇上也不能朝令夕改呢。」

小秀也是這個意思。

不說多賣錢、少賣錢，只說他們與那個馮掌櫃已經有了嫌隙，日後相處起來，恐怕麻煩事還多著呢。

楊順子依然沒啥意見，怎麼樣都行。

徐氏雖然有些捨不得，但她決定還是聽閨女和兒子的。

楊小雪提著裙子往家裡走。

果然如小秀所說，她這一路上，走得不順當極了，高底的繡花鞋在這崎嶇不平的路上總是崴腳，裙襬也要時時顧著。

村裡那些無聊的婆子們，還遠遠的看著她，指手畫腳的。

楊小雪惱羞成怒。

她一回到自己的屋子，就馬上把那身裙子脫下來，狠狠丟了出去。

何氏進門撞見這一幕，嚇得趕緊撲了過去。

「哎喲，我的親閨女喲！妳可小心著點，妳不是說這裙子能賣上百兩銀子嗎？」

她將裙子拾起來，小心翼翼的拍乾淨，又仔仔細細的檢查了一遍。

還好，只是裙襬有些髒了。

「雪兒啊，妳這趟去周家，有啥收穫沒有？他家是不是像娘說的那樣，有錢著呢？娘總覺得，他家就是故意跟村裡人裝窮呢！」

楊小雪板著臉，望著窗外不說話。

「閨女，妳這是怎麼了？那周家沒讓妳進去？那妳帶去的燕窩和茶葉呢？拿回來沒有？」

楊小雪不搭腔，何氏有些不自在起來。

「娘，明天早上，您和爹去鎮上一趟，好好逛逛，多買些布，給家裡人都做兩身新衣裳，再多買些吃的、用的回來，動靜弄得大一些，若是有人問，您就把我琢磨出了那香皂，賣了方子賺到大錢的事說出去。」

何氏聽了閨女的話，這才喜笑顏開。

這樣的活計，她喜歡。

「成，那娘明兒一早就去。閨女呀，那這買東西的銀子？」
楊小雪似笑非笑的看了她娘一眼。
何氏不好意思的嘿嘿一樂。
閨女早上交給她的那五十五兩銀子，還在她的櫃子裡鎖著呢。
算了，這次的錢她出了。
何氏最近總覺得，自家閨女哪裡不一樣了，她閨女一瞪眼睛，她這心裡就有些發怵。
就說先前出了那劉水生的事，她和孩兒的爹整天愁得不行。
可自家閨女不高興了幾天，就跟沒事人一樣，開始研究那啥香皂去了。
那玩意兒弄出來，他們自家人就試了試。
還真好用。
還沒等他們想出來要去哪兒賣這新鮮玩意兒，閨女就自己作主，拿了五兩銀子，帶著那香皂還有一小瓶不知道啥東西，搭車去縣城了。
哎喲，她在家裡這個又悔又怕呀，她怎麼就被閨女唬住了呢？
還好，那五兩銀子回來了，還多賺了五十兩。
她估摸著，閨女手裡還有銀子。
可是她不敢問哪！

何氏出去後，楊小雪有些煩躁地坐起身。

這個小秀，真是爛泥扶不上牆。

上輩子拎不清，這輩子更愁人。

賣兩天野菜，就以為自己長了多少本事，還為了一個病殃子，和自己槓上了。

她也是到這會兒，才想明白剛才那兩人間的貓膩。

楊小雪不由在心裡嗤笑堂妹的目光短淺。

身為一個穿越女，在現代自己什麼樣的美男子沒見過，還會被一張臉迷惑？

她這次去周家，可是有原因的。

其實楊小雪是現代的一個小白領。

她前世穿越過來後，不知道為什麼，好多記憶都缺失了。

頭些年，她只是隱約覺得，自己不該是一個平凡無奇的小村姑，她的生活不應該是這樣的。

嫁給劉水生後，她的記憶才時不時的冒了出來。

可她到最後，也沒想起自己穿越者的身分，記憶也沒有恢復。只是腦子裡會時不時冒出一些好點子，讓她成了劉水生的好幫手。

他們夫妻兩人，把生意越做越大，最後還因緣際會，入了一位貴人的眼，讓劉家徹底發達起來。

要不是她一直無子，她的一生肯定會非常美滿。

可惜，男人都是靠不住的。

劉水生發達後，為了傳宗接代，還是沒有抵住誘惑，納了一房又一房的妾室。

到那時，她才醒悟過來。

當初小秀成了劉水生的妾室，恐怕壓根兒不是什麼酒醉的意外。

虧她那時還信了他，還因為嫉妒，用計讓小秀在劉家無法立足，只能當一個伺候人的老媽子，最後，還被留在村子裡。

前世，她無數次的想過，如果當初她幫著小秀懷上劉水生的孩子，再把孩子抱過來自己養，後面的事情是不是都不會發生？

現在，她不會這麼想了。

剛回來的時候，她還想過給劉水生機會，直到她在山裡那個湖泊邊莫名落水，才徹底清醒過來。

現在細想起來，前世她離開劉家後，那些害她最終淒苦的「意外」，恐怕都不是意外，而是有人刻意為之。

所以，她準備再給劉水生一個「機會」。

不過，這「機會」要在她的掌控中才行。

前世，劉水生真正發達，是從遇到那個「貴人」開始，而她這次去縣城，高調的賣方子，就是為了提前「偶遇」那位「貴人」。

她知道，「貴人」一直在找什麼人。

若是她能想出法子，接下這個任務，那即使沒有劉水生，她照樣也能做成一番大事業。

她的一切計劃都很順利，那位「貴人」雖然還沒見到，她卻提前知曉了一個消息。

原來「貴人」到這裡來，都是為了找一個人。

一個婦人帶著病弱的兒子。

楊小雪幾乎立刻就想到了周家。

因此她這次去周家，就是去探查的。

不過在她看來，這周家除了那一直不肯露面的秀才娘子有些古怪，其他人都挺尋常的。

尤其是那周秀才，一聽說她帶了燕窩上門，那眼裡的垂涎之色，絕對不是作假。

那個周文，也就是一個迂腐的書生。

可是，她總覺得，有哪裡不對勁。

楊小雪恨不得現在就出去買些僕人回來替她做事，可惜她現在是在鄉下，要是她真的這麼做就太惹眼了，以後做起事來也不方便。

如今她和小秀鬧得有些僵，這周家她又不能親自盯著。

她只好放條線釣條魚上來，找人幫她做事了。

第四十二章

祈浩歸家後，還沒來得及和他爹娘提他有了喜歡的姑娘，就被屬下叫走了。有人將那山裡外族人活動的路線整理成地圖，送到他們手中。

祈浩心裡凝重了三分。

看來，這盤龍山內有外族人活動的事情已成事實。

他猶豫再三，還是沒有傳信回軍中請求支援，而是決定先親自進山探一探實際情況。

接下來幾天，祈浩一直帶人為進山做準備，自然無暇顧及兒女私情，他只與爹娘說要出一趟遠門。

這幾日，祈夫人清醒了許多，聽說是用了鎮上醫館一位陳老大夫的藥。這位老大夫醫術了得，只見了他娘一面，就知道癥結所在。

而祈浩出門的行李，都是他娘親自準備的，光那防蛇蟲鼠蟻、療傷、止血的各類藥丸和藥粉就準備了不少，據說都是從陳老大夫那裡花重金求來的。

祈浩這才知曉，原來什麼都沒有瞞過二老的眼睛。

這日，他剛進酒樓，就瞧見許晴正在和馮掌櫃糾纏。

「馮大叔，真是對不住了，前兩次的貨是我爹他們沒經驗，挖的野菜有些老了。這次我親自看過了，都是挑好送過來的，您就通融通融唄！」

饒是馮掌櫃這種厚臉皮的人，都被許晴的自說自話震驚到了。

「許姑娘，上次我就跟妳說得很清楚了，從前妳那些不知道從哪收來的野菜，我是看在夫人的面子上勉強收了，但上次已經說過是最後一次了，姑娘今兒又來，這可真是……」

許晴微笑不語。

她有自信只要讓她見到祈夫人，她這生意照樣做得下去。因此她抱著這樣的打算，沒傳信回村裡，讓她爹娘停止收野菜。

「馮大叔，那我也不讓您為難了，今天這菜的事就算了吧。正好，我做了一些嬸子和祈大哥都喜歡吃的玉米野菜糰子，我進去看看嬸子，這些野菜我就直接帶進去，送給嬸子做糰子吃，煩勞掌櫃的讓人幫我把菜拎進去吧！」

馮掌櫃撇撇嘴。他當初還真是看走眼，小看了這位姑娘。

他悄悄看向祈浩的方向，祈浩皺眉搖了搖頭。

馮掌櫃也不多話，立刻叫了一個小夥計過來，讓他送許晴父女出去。

許晴實在是一個聰明伶俐的，她立刻發現了祈浩，一臉笑容的跑了過去。

「祈大哥，你回來了？我做了你愛吃的野菜糰子，祈大哥待會兒一定要多吃幾個。」

祈浩本不想搭理她，誰想到她偏偏不長眼，要湊到自己跟前來。

「妳是誰？我不認識妳，我也不是妳的祈大哥。野菜糰子好不好吃，那也要看是誰包的。

「馮掌櫃，我不是說過，以後不要再收他們的東西嗎？你們還愣著幹什麼，還不將人請出去？」

許晴愣了一下，迅速地想著對策。她曾經聽祈夫人說過祈浩的事，知道他不喜歡哭哭啼啼的姑娘，於是她便擺出一副故作堅強的模樣。

「祈大哥，你不要這樣，如果我有哪裡做得不好的地方，你告訴我，我改了就是。我答應過嬸子，要常常過來陪她的。還有我們的親事，嬸子都和我說過了，這件事就讓他們長輩間來商議吧，我都聽嬸子的。

「祈大哥，你不在家的時候，我會照顧好嬸子的，若是有什麼需要我做的，你只管告訴我。」

祈浩有些傻眼。他以前見過的女子，從來沒有這樣的。那些女人要麼見到他嚇得要死，要麼裝模作樣矜持得要死，像這樣貼上來的，她還是第一個。

他娘的情形，明眼人都看得出來，這個姑娘卻一副要藉著她娘犯病時說過的話，藉此賴上他的架勢。

祈浩更加感受到小秀的好了。

從前，小秀心中感激他們，也會做一些新鮮吃食讓她哥捎過來，可他們從來都是放下東西就走，根本沒想過往他們母子跟前湊。

「我只需要妳做一件事，以後別出現在我面前，也別去打擾我娘就行了。」

「你這孩子，怎麼這麼說話呢？」

祈夫人的聲音在兩人身後響起。

許晴一看到祈夫人，立刻撲了過去，一臉委屈。「嬸子。」

祈夫人笑咪咪的，示意身邊的丫鬟扶一扶她。

「姑娘慢點，我這兒子就是這樣一副臭脾氣，說話也不知道委婉點，妳別介意啊！

「今天的事，本夫人作主了。馮掌櫃，將這些菜收下，把銀子付了，至於以後，除了老周那裡，別家的菜就不要收了。」

許晴傻眼了，她這才發現，祈夫人今日有些不太一樣。

「嬸子，我是晴兒，您不記得我了？」

祈夫人很是堅定的搖了搖頭。

「晴兒是誰？我不記得了。姑娘，妳想嫁給我兒子？」

許晴只道祈夫人這是又犯病了。她心裡一喜，面上現出嬌羞之色。

「嬸子，您忘了？不是您說一看我這長相就旺夫，要讓人去我家提親，為我和祈大哥訂親嗎？您還說，讓我多關心祈大哥，和他多親近親近的。」

「這位姑娘，妳可別亂叫，我不是妳嬸子，妳剛才說的更不可能了，我兒子好歹也是朝廷命官，我再糊塗，也不會給兒子娶一個農家女為妻，我兒子只會娶一個門當戶對的貴女為妻。再說，妳可有信物或婚書？我可曾讓人去妳家裡下聘？」

許晴的爹一聽就急了。「夫人，您怎麼能不認帳呢？要不是您口口聲聲說喜歡我閨女，我們幹啥讓閨女跑到鎮上來住？要不是您相中了我閨女，我閨女幹啥放著家裡的活計不做，天天跑過來陪您？」

祈夫人的大丫鬟冷笑一聲。

「真會往自己臉上貼金，明明是這位姑娘天天堵在巷子口，過來與我家夫人偶遇，接著又天天登門，各種藉口求見我家夫人，還故意時時在夫人面前提起我家少爺的婚事。這位姑娘第一次過來，我家老爺可就派人過來傳過話，把夫人的事和她說清楚了，有些人偏偏假裝聽不見，硬要作那少奶奶的夢，我們可沒辦法。」

這個丫鬟的確沒有說謊，當初許晴就是先知曉了祈夫人的情形，然後才故意找機會湊上來的。她藉著和祈夫人見了幾次面，又搭上了馮掌櫃，搶走這野菜生意。

但她最大的目標，自然還是為了這門親事。

事實上，她上門第一天，祈老爺就派了一位老嬤嬤過來，和她把事情講清楚了。為了讓她安心地陪祈夫人說話，祈老爺還賞了她一對鐲子，也有撇清關係、銀貨兩訖的意思。

只是許晴太有自信了，以為憑她的手段，早晚能拿下祈夫人。

她就是為了這個，才搬來鎮上和哥哥、嫂嫂同住的。

許晴父女還要再言，卻無人搭理他們，夥計們更是直接將他們請了出去。

祈浩並沒有將他娘的話放在心上，他以為他娘是為了打發許晴，才故意那麼說的。

而事實上，在某人的「好心」之下，陳老大夫不得不多收一位病人。有了他的妙手，祈夫人的病情迅速好轉，很快就與常人無異了。

祈夫人病情好轉後，想法自然就變了，那些不在乎門第的說法，本來也不過是她的病中戲言罷了，如今她好了，自然要為兒子相看一門好親事。

正好此時，祈老爺收到青州送過來的一封信。

信是家族裡的一位長輩寫的，對方給祈浩保了一門好親事，那姑娘也是出自武將之家，與祈浩倒真是門當戶對。加上那姑娘的父兄官階都在祈浩之上，對他以後的仕途大有幫助。

祈夫人接了信，立刻迫不及待地啓程回青州，相看人家姑娘去了。

等到數日後，祈浩負傷從山中歸來，他已經多了一位未婚妻。

這件事，讓周大少爺得意了很多年。

他一直感嘆，自己真是一個善良至極的人，連打發情敵都如此仁至義盡。

天下還有何人，能有他這麼博大的胸懷？

此時，小秀可不知道周文私下的這些小動作。她忙碌之餘，悄悄地添了一樁心事。

那日她過去時，周文與楊小雪到底在說些什麼？為什麼他會獨獨為楊小雪畫下她身上的配飾？

可她雖耿耿於懷，偏又不好意思直接問出口，便只好找機會在周文身邊轉，又拿話旁敲側擊地試探他。

周文那是什麼人？小秀第一次露出試探的意思，他心中便明瞭小姑娘的心思了。

可他偏偏裝作不知，暗中美滋滋地看著小姑娘為他吃醋。

第四十三章

這一日，周文終於拋棄了輪椅，自己站了起來。

他背著手，一步一步走出房門，站在院中，眺望著群山，神色有些恍惚。

對於周文能下地走動這件事，所有人都大喜過望，周家的氣氛就跟過年一樣，連楊有田一家也是喜悅非常。

周文心中卻隱隱不安。

那是一種直覺，一種強烈的危機感。

這幾個月，他的身體一日好過一日，從最初的日日渾身疼痛不止，全身乏力只能臥床不起，到後來可以振筆疾書，再到今日的行走自如。

可是，他並沒有感覺到自己的身體得到了真正的康復。

他反而覺得，自己的力量和生機都被禁錮在某一處。而現在，操縱這一切的人打開了一個缺口，讓那些力量回歸了一部分。

對方正在小心翼翼的窺伺著，只等待他大喜過望的時候，再收回這一切。

「周大哥、小武哥哥，咱們進山去上次那個湖裡抓魚吧！」

院門外，小虎的叫嚷聲遠遠傳來。

周小武騰地一下跳了起來。

「哥，咱一塊去吧！我和順子哥哥、小秀姊姊還有小虎弟弟約好了。咱們先在山裡玩一會兒，摘些野果子，等要回來時，再去湖裡抓魚。小秀姊姊說晚上給咱燉魚吃，她還要給你熬魚湯呢。」

小傢伙衝著他哥眨了眨眼睛。小秀姊姊以前都是偷偷偏心哥哥，現在小武覺得這應該算是明目張膽的偏心了吧？

周文本想拒絕，卻在看到娉婷走來、一臉期待望向他的小姑娘時，不由自主的點了頭。

小丫頭往日裡忙著呢。難得她今日有這份好心情，他自然要陪她一起去了。

這一路上，要數大黑最開心，大狗撒著歡的在前面跑，一會兒追雞，一會兒攆兔子。

小虎和小武也是一刻不老實，跟在大黑身後東跑西竄。楊順子則跟在他們身後，盯著他們兩個，一刻也不敢放鬆。

小秀和周文兩人，慢悠悠的走在最後。

「想吃魚了？這次怎麼不去張家買了？」

周文見其他人都跑遠了，便悄悄的往小姑娘身邊湊了湊。

小秀嬌嗔的看了他一眼。「你不是嫌那河裡的魚土腥味重嗎？」

上次祈浩過來做客的時候，小秀去張家買魚，那魚鮮活得很，一看就是早上剛打上來的。

張家嬸子是一個實在人，直言這魚比鎮上賣的要貴兩文，但買她家的魚，保證新鮮，還不用往鎮上跑，能省不少功夫。

小秀深以為然，讓她幫忙揀了兩條大的。兩人一手交錢，一手交魚，都很滿意。

誰想第二天，張大壯就來退錢了，小秀自然不能收這錢，張大壯便又送來兩條鮮魚。

小秀推拒不過便收下了，給他拿了好些乾野菜、乾蘑菇帶回去當回禮。

那魚無論紅燒還是煮湯，都是又鮮又嫩，偏偏這位少爺不喜歡，非說魚的腥味太重，難以下嚥。

小秀這才打起了山裡那湖中魚的主意。

「村子附近，除了那河裡，也就只有這山上的湖裡有魚，咱們自己抓魚回去吃，還省了買魚錢呢。就是我爹說，那湖邪門得很，前幾年總是有打魚的人在那出事，久而久之，便沒人去那湖裡撈魚吃了。」

周文被小姑娘那嬌嗔的一眼看得心裡熱熱的，忍不住有些心猿意馬起來。

「沒事，我會水。」他伸出手，再次藉著衣袖的遮擋，拉住小姑娘的手。

被他握住的小手不安地動了動，卻沒有掙脫。

周文心情大好，忍不住放柔了語氣，誘哄起小姑娘來。「等抓到魚，咱們就在湖邊玩一會兒，我烤魚給妳吃。」

「真的嗎？」小姑娘的眼睛亮晶晶的，滿是喜悅的光芒。「哎呀，我沒帶火摺子，也沒帶鹽。」

「沒事的，我有辦法。好了，咱們找個地方坐下來，歇一會兒吧。」

小秀有些擔心的看了看他。「怎麼了？是不是累了？都怪我，忘了你還是一個病人了。」

她四處看了看，在一棵大樹下選了一塊乾淨的地方，撒了些驅蟲的藥粉，又從籃子裡拿出一塊乾淨的布鋪上，這才拉著周文坐了下來。

從始至終，兩人交握的手都沒有鬆開。

「你要不要喝水？我帶了竹筒，裡面裝了好些水。」

周文搖了搖頭，只是盯著小秀看。

「咱們多抓兩條魚回去，明天晌午我做魚肉丸子湯，好不好？」小秀看著坐在身邊的俊秀少年，滿心喜悅，又隱隱有些擔憂。

她滿心祈願，希望一切都和前世不一樣。從此，他能這樣一直健康下去，再不會有病入膏肓時。

「改天，我們兩家人一起出來玩吧，讓嬸子戴著面紗，等到了山裡，沒了旁人，再讓她摘下來。她現在笑起來的樣子，實在太好看了，連我都不放心讓她出門了。」

小姑娘的聲音軟軟的，好聽極了，那柔柔的話語被風吹進周文耳中，也吹進他的心裡。

他終於忍不住了，不想再等什麼時機了，現在他只想早點把這個傻乎乎、只知道對他好的小姑娘娶回家。

「怎麼了？」小秀仰著臉，愣愣的看著他。

周文大手一伸，將人拉進自己懷裡，低頭吻上那嬌嫩的粉唇。

一吻終了。

分不清是誰的心跳得這樣快，彷彿要衝出來一般。

小秀傻愣愣的呆坐了好一會兒，突然紅了眼睛。

「別哭，是我唐突了，本來想等出門回來再去提親的，現在看來還是太久了。這兩天，就讓我爹請媒婆去妳家提親，好不好？」

小秀紅著臉不說話。

她想矜持的說不好，眼前卻浮現前世他纏綿病榻的身影，以及他們最後一次相見，他伸出車廂的那隻枯瘦如柴的手。

她突然一陣後怕，再不想浪費一點時間。

「好。」

笑意從周文眼底一點點蔓延開來，一瞬間，彷彿煙花盛開。

小姑娘看傻了眼，一時間，腦子裡只有一個詞——禍水。

這母子兩個，還是別隨便笑了，笑起來太禍害人了。

周文笑著將小姑娘拉過來，將她抱在懷裡，親吻了一下她的額頭。

小秀既羞澀又甜蜜，竟然還隱隱有些失望。這個念頭一出，她就嚇得趕緊搖頭。

「怎麼了？」

「沒有。」

小姑娘這時，又想起了前幾天的事。

她靠在周文懷裡，看著兩人交握的十指，扭扭捏捏的開了口。「那天，我堂姊去看望嬸子的時候……你和她……」

周文心中暗笑，面上卻做出一副不解的樣子。「怎麼了？她吵著要進去見我娘，我沒辦法，便應付了她幾句。」

小姑娘委委屈屈的瞟了他一眼。「你騙人，那天你們離得那麼近，還有說有笑的，你還給她畫了一幅畫呢。你以後……」

大概是交握的雙手，還有這樣親密的姿勢給了小秀勇氣，她突然一把反握住周文的手，惡狠狠的命令道：「你以後不許再那樣和別的姑娘說話，也不能對她們笑，尤其是像剛才那樣。」

想到剛才那個笑容，小秀覺得整個人都暈乎乎的。

周文低低的笑了起來。

「你還笑！」小秀的聲音裡忍不住帶了些指控。

這娘倆，就知道禍害人。

「姊、周人哥，你們在哪兒啊？」

小秀一聽到小虎他們的叫聲，嚇得一下跳了起來，站得離周文遠遠的。

一行人會合後，楊順子盯著他們兩人看了半天，最後被小秀以「周文身體不好，要求休息」的理由搪塞了過去。

幾人一直玩到太陽快下山了才返程，有了周文和周小武，收穫自然滿滿的，楊順子帶來的那個木桶裡都裝滿了魚。

回來的路上，小秀發現了一大片野蒜。

這可是好東西！

大慶朝現在的調料已經有了辣椒和薑，但蒜的食用還沒有普及，起碼在十里屯這樣的地方，拿野蒜當調料的很少。

而且，這蒜可不是只能做調料，那蒜苗也是好東西。

小秀如獲至寶，停下來挖了半籃，準備移栽到園子裡。

眾人看到小秀這樣，就知道她一定又有新想法了。除了周文，其他人都趕緊過來幫忙。

周文心裡有些酸。

這丫頭，現在真是成了一個小財迷了，看見什麼，都想賣一賣試試。

剛才他滿心柔情地帶著她烤魚，她卻在琢磨怎麼把湖裡的魚弄出去賣掉。

不行，這個毛病得改，要不然等他娶了媳婦回來，卻整天見不到人，那怎麼成？

第四十四章

下山的時候，周文就有些體力不支了，不過他隱藏得很好，大家都沒發現。

只有小秀，因為他一直老老實實的走路，一點小動作也沒有，忍不住偷看了他好幾次。

到了晚上，梅氏用手帕包了幾件首飾，拉著周秀才一起笑咪咪地進了周文的屋子。

「兒子，今天出去玩得怎麼樣？聽說你還親手給人家小姑娘烤魚吃了？哎喲，娘好傷心啊，娘都還沒吃過你親手烤的魚呢！」

周秀才忍不住撫額，他伸手拉了拉演戲演得正高興的某人，換來一聲嬌叱。

「拉我幹什麼？跟我兒子學著點，十多年前是一根木頭，十多年後還是一根木頭。」

梅氏凶完周秀才，又拉住周文的手，一臉笑。

「兒子，娘打算這兩天就找媒人去小秀家提親，你同意不？」

她左思右想，琢磨了好幾日，怎麼想都覺得兒子的突然好轉和小秀有關。

自從小秀來了家裡，她家文哥兒就一日日好轉起來，如今兩人剛開始眉來眼去、拉拉小手什麼的，兒子竟然能下地走路了。

這可真是謝天謝地，她得趕緊抓緊時間，把兒媳婦娶回家，說不定兩個人一成親，兒子就徹底大好了。

梅氏打開手帕，露出裡面的幾件金首飾。「娘找了好半天，才勉強挑出這幾件，那銀的實在是沒有了。早知道，當初就不拿那些沒用的了，這關鍵時刻，還是金銀最管用。不要緊，下次娘就有經驗了。」

周秀才的眼角抽了抽。這個女人……還想有下次？

「兒子，明兒我想和你爹去縣城一趟，一次就把聘禮置辦齊全，再把這幾樣首飾送到鋪子裡，讓他們改一改樣式，畢竟這都是好些年前的款式了，不適合小姑娘戴了。改好了，等小秀進門了，送給她當見面禮。」

「娘，您先別忙，回頭去村長家打聽一下，這邊聘禮都要準備什麼，還有楊家那裡，娘還是先給他們透透口風吧，然後找一天全家一塊去縣城。」

前些天周文和徐氏聊天時，故意套過她的話，打聽了下十里屯這邊嫁娶的風俗。聽徐氏說，這邊的風俗一般都是先請相熟的人家上門去和對方通通氣，如果對方同意了，才會正式請媒人上門提親。

「行，娘聽你的。」梅氏聽到兒子同意提親的事，心裡一顆大石總算落了地。

這幾天，她高興歸高興，可心裡總是不踏實呢。

「娘，您再晚幾天去縣城最好，到時候，我有禮物送給娘。」

梅氏坐在那裡，眼淚撲通撲通就落了下來。

蒼天在上，諸位神佛保佑，就讓她兒子這樣一天天好起來吧，她願意傾盡所有，只為他的健康平安。

一大早，小秀洗漱完，連飯都顧不上做，就跑去園子裡，要看一看她昨晚剛移栽過來的野蒜。

「秀兒，娘讓我等等去鎮上給三叔家送菜，妳和哥一起去唄！」

小秀猶豫了一下。她昨天答應過某人，今天中午要做他喜歡吃的魚丸湯呢。

「妳好久沒去三叔家了吧？兩個孩子都說想妳呢。」

「那好吧。」小秀被她哥說得不好意思起來，趕緊應下。她的確好久沒見到兩個小傢伙了。

「我一會兒先去孀子家把飯做好，然後咱再出發。昨天那桶裡的魚還有不少，咱給三叔家帶兩條吧。」小秀一臉討好地湊了過去。「哥，你說，咱去那湖裡多撈點魚，弄到鎮上賣，怎麼樣？」

「不怎麼樣。」楊順子一臉嫌棄地伸出手，敲了下小秀的腦袋。「一天天的，見著什麼都想賣。」

最後，小秀還是來不及去周家，就被楊順子催著一起去了鎮上。

自從開始賣野菜，小秀家就時不時的給楊老三家送點菜。如今不賣野菜了，隔三差五的，他們也會送一些園子裡的菜過來。

徐氏在家常常念叨，老三家在這鎮上花錢的地方太多了，這菜能不買就別讓他們買了。

劉氏也是一個勤快的，別的弄不了，就在院子裡架了雞籠，養了幾隻雞。等下蛋了，也能給孩子補一補。

見到小秀，正在吃飯的兩個小傢伙都很興奮，一起撲了過來，要不是楊順子擋在後面，她差點被兩個小傢伙撞倒。

「小雅，妳娘呢？」

「娘去賣包子了，一會兒就回來了。上次哥哥拿了菜來，娘怕放壞了，就蒸了兩鍋包子，去集市口賣了。小雅在家看著弟弟，餵弟弟吃糕糕。」

「小雅真能幹。」小秀笑道。

小雅驕傲的挺了挺小胸脯。「院子也是小雅掃的，小雅還會洗碗呢。」

等小平安吃光了碗中的雞蛋羹，小雅果然端著碗筷去了廚房，幹完活才出來。

小秀兄妹兩人便帶著兩個小傢伙在院子裡玩。

小雅悄悄拉了小秀到雞籠前。「姊姊，我家的雞什麼時候能下蛋呀？娘說等家裡的雞下蛋了，也給小雅蒸雞蛋羹吃。」小姑娘望著那幾隻雞，一臉嚮往。

「小雅今天沒吃嗎？」小秀問。

「沒有，娘說花錢在鎮上買雞蛋太貴了，她和小雅都不吃，讓爹爹和弟弟吃，等小雅餵的雞下蛋了，我和娘再吃。」

小秀在心中嘆息了一聲。她三嬸這是又故態復萌了。

不一會兒，劉氏就回來了，一看到小秀，很是熱情。「小秀來了？有段時間沒見到妳了呢。」

小秀陪劉氏在屋子裡聊天，楊順子則在院子裡陪兩個孩子玩。

劉氏話裡話外的，句句不離小秀存的那些乾野菜。

「上次妳娘帶過來一點，我蒸了一鍋包子，兩個小傢伙都沒吃夠呢。」

小秀剛開始並沒有在意。「等我下次來，再給三嬸多帶點過來。」

劉氏笑了笑。「說起來也不是啥稀罕東西，要是我還住在村裡，這東西不知道存了多少，現在就沒辦法了。

「小秀呀，三嬸是想問問妳，妳那乾野菜存得多不？要是多的話，能不能送我一些？上次我做了包子，送了鄰居幾個，大家都說好吃，我就想能不能做包子去集上賣。我今早拿小白菜和一點豬肉做的兩大籠包子，不到半個時辰就賣光了。

「唉，這不是住在鎮上開銷太大，小平安現在也跟著妳三叔讀書，這紙筆也得花錢，我這也是沒辦法。小秀，妳可得幫幫三嬸。」

小秀沒想到劉氏竟然是打這樣的主意，那乾野菜要是送幾斤給他們吃，小秀肯定不會猶豫，可聽劉氏的意思，是讓自家免費送給她做生意，小秀當然不會答應。

那是自己一家人忙了兩個多月才存下的。

「小秀，我可聽妳娘說了，妳家存了幾百斤乾野菜了吧？還有那乾蘑菇，聽說也存了不少。到了秋天，山上還能再出一批，到時候妳再曬一些唄！」

第四十五章

小秀看著面前軟磨硬泡、想要說服她把家裡的乾野菜拿出來的劉氏，心中五味雜陳。劉氏要做生意，卻想當伸手牌，無條件使用自家的乾野菜。

小秀這時才發現，她當時想得太不周全了，現在這樣，等於是搬石頭砸自己的腳吧？

「三嬸，不是我小氣，實在是這乾野菜，我是有大用的。若是將來這些野菜能賣出好價錢，那以後咱們每年就能多一筆收入了。」

劉氏不自在地笑了笑。

「可不是？小秀要是賺了大錢，妳爹娘就要享福嘍！罷了，妳既然不樂意，三嬸也不低聲下氣的和妳要東西了，三嬸就等著小秀賺了大錢，幫襯幫襯我們了。不過當初那菜園，妳說借種的時候，咱們也沒定一個借種的法子，如今，三嬸這日子也不好過，我也不和妳多要，妳就把那菠菜、小白菜啥的再種一批，到時候把收成都給我送過來就成。其他的，回頭咱們再說。」

小秀半天沒說話，最後只點了點頭。

臨走時，她想了想，還是回身提了兩句。

「三嬸，您那園子就算再種一茬青菜，長出來也是需要時間的，您要是想天天賣包子，那點菜恐怕也不夠用，您最好還是早點想辦法。」

出了屋，小雅見小秀要走，拉著她的手依依不捨，還小大人樣地留客。

「姊姊要走了嗎？姊姊留下來吃魚吧，我娘做的魚可好吃了。」

「姊姊、哥哥，吃魚。」小平安也拍著小手湊熱鬧。

小秀看著兩個孩子天真的笑顏，心情總算好了點。

到了街上，早就看出小秀臉色不對勁的楊順子，迫不及待地問：「秀兒，三嬸跟妳說啥啦？」

小秀嘆了口氣，將事情說了一遍。

「這……三嬸看著不是那樣的人啊！」楊順子唉聲嘆氣了好一會兒。「那現在怎麼辦？」

「不怎麼辦。」有了上次許晴的事，這次小秀很快定下心來。「咱去鋪子裡買點調料就回去吧。」

小秀買完東西從鋪子裡出來，沒走兩步就看到在不遠處攤子上挑頭花的楊小雪和劉水生。

她趕緊扯了扯楊順子，從旁邊那條街繞過去了。

「小秀，剛才那是小雪和劉水生吧？那小子不是東西，小雪怎麼又搭理他了呢？」

「哥，你別管了，回去後，你就當今天什麼也沒看到。」

小秀瞟了一眼，就看出那兩人間的關係和從前不一樣了。以前，無論何時，都是楊小雪圍著劉水生打轉，今天的情形明顯反了過來。

看來楊小雪心中有了什麼主意。

「小雪，妳要是喜歡這些，咱去錦繡坊挑吧！妳喜歡什麼，我都買給妳。」這鎮上的「錦繡坊」是縣城那家錦繡坊的分鋪，是這鎮上最好的一家成衣鋪，還兼賣首飾、頭花等等姑娘家喜歡的東西。

楊小雪對劉水生的討好聽而未聞，她自顧自地拿起一朵粉色的絹花，在頭上比了比，又不滿意的放回去，換了一朵桃紅色的。

「小雪，難得妳來鎮上，中午我請妳和嬸子到酒樓吃飯吧？」

「不用，我自己有銀子。」這次，楊小雪終於轉身，正眼看向圍著她打轉的劉水生。

「我看你家鋪子裡忙著呢，你不用回去幫忙嗎？」

「不用、不用，店裡有我大哥和嫂子呢，他們能忙得過來，我還是陪妳吧。」

楊小雪似笑非笑的看了他一眼，轉身時，眼中飛快閃過一絲鄙夷。

上輩子她真是瞎了眼，這分明就是一個沒腦子的二世祖，她怎麼就把他看成自己的男主角了呢？

劉水生見楊小雪不理他，趕緊彌補。

「小雪，妳知道的，我哥那個人老實，沒別的本事，將來也就守著這間鋪子過日子。而我不一樣，等將來咱們成了親，我帶妳出去做大生意。」

「哦，什麼大生意？」

劉水生撓撓頭。「我現在還沒啥好想法。對了，小雪，妳那個做香皂的法子真的賣了？要是沒賣就好了，咱自己開一間作坊，專門做這個，到時候妳在家盯著作坊，我負責出去賣，說不定能賺大錢呢！

「小雪啊，說來這事妳太著急了，妳要是提前和我商量一下就好了，我還能幫妳出出主意。」

楊小雪真的被噁心到了。「這是我家的事，和你有什麼關係？還有，以後別說什麼成親的話，你不是已經相看好了姑娘家，準備成親了嗎？你還是快走吧，別連累我被人家姑娘誤會。」

「小雪，那都是別人瞎傳的，妳知道的，我——」

「大嬸，我要這三朵，麻煩妳幫我包起來。」

賣絹花的大嬸正聽八卦聽得高興，楊小雪一伸手，倒嚇了她一跳。

「哎，好的、好的。」

楊小雪拿了絹花就往鎮外走，她和何氏就約在出鎮子那個路口會合。

劉水生跟在她身後，不肯離開。

等到了鎮外，他看看路邊沒人，就想過來拉楊小雪的手。

「雪兒，妳知道的，我心裡一直只有妳，那柴家的姑娘和我一點關係都沒有，我根本就沒去見她，這事，都是她家主動的。這段時間我沒去找妳，就是一直在說服我娘，如今她終於鬆了口，同意咱倆的事了。今天我回去，就讓我娘請媒人上門提親，往後再也沒人會阻止咱倆在一塊了。」

這次楊小雪連看他都懶。

他真以為她還是前世那個小傻子嗎？她從聽說那和他相親的柴家姑娘只是一間小商鋪老闆的女兒時，就沒把這件事放在心上了。

劉水生他娘不過是看中人家有點銀子，能多給新娘子帶些嫁妝罷了，別的都不在那個老妖婆的考慮範圍內。

果然，她不過讓人傳了點風聲，說她賺了好多銀子，劉水生就又湊上來了。

第四十六章

楊小雪想不明白，自己前世為何會為了一個這樣差勁的男人，忍著妻妾相鬥了那麼多年，最後還落得個被拋棄的下場。

此時，看著在那裡油嘴滑舌想要誘哄她的劉水生，她發現她找到上一世失敗的關鍵了。

作為一個穿越女，她前世會過得那樣失敗，都是因為錯認了自己的男主角。其他穿越女遇上的男主角，不是世家公子，就是隱藏身分的皇室之後。

只有她那麼蠢，選了劉水生這麼一個土生土長、身分一點懸念都沒有的男人。

他再出息，最多也是錢賺得多一點，還得是在「貴人」的提攜之下。

其他的，都不用指望。

所以這一次，她要睜大眼睛，趕緊把那個真正的男主角找出來，然後和他攜手，一起創一番大事，做一個真正的人生贏家。

楊小雪靈光一閃，腦中突然閃過周文的身影。

她立刻放棄了讓劉水生幫忙監視周家的打算。

「我娘來了，你趕緊回去吧。既然應了人家的親事，就有擔當一點，別讓我看不起你，人家柴姑娘可是無辜的。」

楊小雪走了好半天，劉水生還站在那裡看著她離開的方向。

他這會兒終於相信自家老娘說的話是真的了。

這個臭丫頭，恐怕真的是賺了大錢，看她剛才那譜擺的，比那縣太爺的千金還傲氣呢。

劉水生的眼裡閃過一抹算計。

自從徐氏早上去了一趟周家回來，就一直暈乎乎的，做什麼錯什麼。

最後，連楊有田都看不下去了。

「孩兒他娘，反正咱今兒也不進山了，妳要是累了，就回屋躺會兒吧，要不，妳到我旁邊坐一會兒，咱倆嘮一下嗑？」

徐氏真的就啥也不幹，搬了把小椅子，往他身邊一坐。

梅氏替周文求娶小秀的話一說，她當時就暈頭轉向了，到了這會兒，她都不確定梅氏是不是和她說過這話了。

她得坐下來，好好冷靜、冷靜。

「這些天再下幾場雨就好了，地裡的莊稼有些缺水呢。還有那蘑菇，等下了雨，又能出一批。」楊有田一邊編柳條筐，一邊和媳婦閒聊。「趁著這陣子清閒，我得多編點筐，昨兒閨女還和我說，讓我給她準備好秋天存乾菜用的筐呢。」

他說了半天，見沒人搭理，回頭一看，自家媳婦正在那裡發呆。

楊有田被自家媳婦這副樣子弄的，心裡也七上八下的。
「妳到底怎麼了？有啥事就和我說一說呀！」
徐氏回過神來。
「相公，你說咱家小秀，以後能嫁一個啥樣的男娃子呀？」
楊有田還以為媳婦又為小秀的親事發愁了，不由放下心來，順嘴安慰了幾句。
「咱不是說好了嗎？咱小秀還小，等過幾年再找婆家，照樣來得及。到時候劉水生那臭小子惹出來的事，也沒人記得了。妳這怎麼又尋思上了呢？」
徐氏得瑟的瞟了自家的老實相公一眼。
以前村人還總說她傻，依她看，自家相公比自己還傻呢。
「我都這麼說了，你就沒想……」
「順子娘，在家嗎？」楊老太太直接推開院門走了進來，後面還跟著老王婆子。
「娘、嬸子，妳們怎麼來了？快，屋裡坐。」徐氏一臉驚喜的往屋裡讓人。「娘，您最近忙啥呢？都好久沒來我家坐了。」
徐氏挽著楊老太太的胳膊，一臉親熱。
「娘，上次我送過去的蘑菇，您和爹喜歡吃不？您要是喜歡，一會兒再帶點回去。嬸子，一會兒我也給您裝一點，您中午回去炒一炒，或者加一個雞蛋煮湯，可鮮了。」
楊老太太和老王婆子都被徐氏扶上了坑。

徐氏忙開了，先沖糖水，又洗了山裡摘的青果子端上來。

楊老太太見她還在忙，趕緊拉住她。「妳快坐下吧，轉得我頭都暈了。」

老王婆子在旁邊看著，心裡那個羨慕啊！

看看人家對婆婆那親熱勁，這樣的兒媳婦，就算真傻，也值了。更別說，人家早就不傻了，現在能幹著呢。

她剛才進院的時候可是看過了，人家這院子收拾得乾淨又齊整，看著就舒坦。

大門外，那條石子路一直鋪到了村裡那條土路上，院子裡也都鋪上了石子，只留了院牆四周，滿了辣椒秧。

這屋子裡也收拾得乾乾淨淨、亮亮堂堂，怪不得張大壯他娘眼光那麼高的一個婆娘，都願意替兒子求娶小秀。

老王婆子受人之託，自然要把話往正事上引。

「順子娘，幾個孩子都不在家呀？」

「小虎在周家，小秀和順子去鎮上了。」

「順子娘呀，今兒嬸子過來，可是有好事呢。妳把有田叫進來，一塊聽聽。」

等楊有田進了屋，老王婆子這才說明來意。

「我是來替大壯那孩子向小秀求親的。」

「啊？大壯？老張家的？那個種田是一把好手，還能打魚的大壯？」楊有田一迭連聲發問。

老王婆子只管樂呵呵的點頭。

楊有田自顧自的傻樂起來。

怪不得最近總碰見那小子，還天大跟他大叔長、大叔短的。每回遇上了，那小子不是送條魚，就是搶著幫他幹活。

原來，臭小子是喜歡上自家閨女了呀。

有眼光。

「大壯那個娃子不錯。」楊有田忍不住讚了一句。

那孩子踏實能幹，還會來事，楊有田那是一百個滿意呀！

徐氏嚇得連連扯他，生怕他這就應下親事，她還沒來得及和孩子他爹說周家要來提親的事呢。

「嬸子，這事我們得和孩子商量、商量呢！」

楊有田擺擺手。「弄那虛的幹啥？都是知根知底的人家，怎還非得煩勞嬸子再跑一趟呢？」

老王婆子笑得合不攏嘴。

她眼瞅著這門親事是要成了，這心裡也踏實了。

「哎喲，這個有田可真是一個實在人，你們就是應了這門親事，嬸子也得裝模作樣的再來兩趟呢。咱閨女稀罕著，可不能輕易讓他們娶了去，到時候，你們可得好好招待招待嬸子。」

兩個老太太都看著楊有田笑。

徐氏急得汗都出來了，一個勁地看楊老太太。

哎呀，她現在更暈了。

她得先把人打發走，然後再去一趟周家，她要去和大妹子確認一下，她早上到底有沒有和她說提親的事？

要是真的，可不能讓孩子他爹應下這門親事。

周文那孩子多好呀！他一對自己笑，哎喲，她那個心都快融化了。尤其是他和小秀站在一塊的時候，徐氏是怎麼瞧怎麼順眼。

楊老太太高興了一會兒，才看出徐氏不對勁。

她心裡咯噔了下。

順子娘這明顯是有事呀。

楊老太太心裡一打轉，就扯了扯老王婆子的手。

「大妹子，今兒的事，先謝謝妳了。不過這嫁閨女畢竟是大事，就讓我這傻兒子他們一家先合計合計吧。小秀那裡，也得和孩子說一聲、問一問呢。」

「娘說得對，閨女的親事，我得問問她的意見，我答應過小秀，有啥大事，要一家子商量著來辦呢。」

老王婆子笑著點頭。「應該的、應該的。」

她早就聽說小秀那丫頭才是這家裡的主心骨，能當半個家，現在看來還真是這樣。

「那我後天再來一趟，到時候你們再給我一個準信就成。」

「哎、哎，好的。嬸子慢走。」

徐氏趕緊起身送客，惹得老王婆子直打趣她。

「哎喲，大嫂子，妳看妳這兒媳婦，這是急著趕我走呢。我說順子娘呀，我那蘑菇呢，這就沒影了？」

徐氏一聽，當了真，也不等她再說，蹬蹬蹬的就跑去裝蘑菇了。

「哎喲，這順子娘真是……我和她開玩笑呢！」老王婆子笑道。

楊老太太看徐氏這副心急不已的樣子，更加確定徐氏心裡有事。

第四十七章

徐氏把兩個老太太送到門口，然後轉身回屋，拉著楊有田叮囑一番。

「這親事你可不許偷偷作主，咱得全家人一起商量，主要還得聽閨女的，知道不？我先去周家一趟，回來有事和你說。」

徐氏風風火火地出了門，留下楊有田一個人在家美滋滋地傻笑。

大壯這個女婿真不錯，張家這個婆家也沒話說。

人家那個日子過的，那叫一個紅火呀！

「啊？」

聽完徐氏問她的話，梅氏先是一臉懵，接著就捂著肚子大笑起來。

等她笑夠了，這才用帕子擦了擦那笑出來的眼淚，拉著徐氏一本正經的說起話來。

「嫂子，妳放心吧，妳沒聽錯，我和我家相公都很喜歡小秀，我們想為文哥兒求娶小秀，讓她當我們的兒媳婦。」

「那文哥兒呢？他願意不？」徐氏也不拐彎抹角，直接問出了口。

梅氏笑得更開心了，她就喜歡這種有話直說的人。

「那當然。嫂子也知道，我那兒子看著好說話，其實挑剔著呢。要是沒有他的允許，我可不敢隨便幫他提親。」

徐氏拍了拍胸脯，輕吐了一口氣。

「那就好、那就好，我得趕緊回去和孩兒他爹說去。」

徐氏確認清楚後又趕緊起身，匆匆忙忙回去了。

小秀和楊順子到家，就看到他們的爹娘並排坐在窗戶下，對著傻樂。

「爹、娘，我們回來了。啥事這麼高興啊？」

楊有田和徐氏只是看著小秀笑，也不說話。

「娘，我要去周家，該做晌午飯了。」

「行，妳先過去吧，娘一會兒再去幫妳的忙。」

眼看小秀要走，楊有田趕緊制止，接著去拉徐氏。「媳婦，妳糊塗了，小秀怎麼還能去周家呢？不管咱應不應，這段日子都不能讓她去了。」

徐氏這才反應過來。

「哎呀，我把這茬忘了。還有，孩兒他爹，你別在這院子裡嚷嚷，娘不是說了，這事定下來前，先不能往外說？走走走，咱先回屋裡說事去，說完我再去周家。」

兄妹倆對視了一眼，都被徐氏那神神秘秘的樣子逗笑了。

四人一起進了屋。

徐氏一臉笑呵呵地把周家和張家同一天來探口風的事說了出來。

楊順子張大了嘴，一臉驚奇的看向小秀。

「小秀呀，妳是怎麼想的？」楊有田小心翼翼地問：「爹覺得這兩個孩子都挺好的，不過要是讓爹幫妳選，爹肯定選大壯。」

「我也選大壯。」楊順子脫口而出。

話說出口，他才有些忐忑的看了小秀一眼。

「妳看、妳看，妳哥現在也挺有眼光了啊！」楊有田有了幫手，底氣立刻足了起來。

徐氏倒沒說她是怎麼想的，只是有些不解地問那爺倆。「為啥呀？文哥兒可是秀才老爺，懂事又知禮，長得又好看，人也好。」

「孩兒他娘，我沒覺得那周少爺不好，可咱現在是要找女婿呢。我就是覺得大壯更合適，這以後過起日子來，肯定大壯更可靠啊！」

楊順子也是這麼想的。

其實他比爹娘還多了一份擔心，那就是周文的身體好像並沒有完全恢復。

那天去抓魚時，楊順子因為起了疑心，回來時就格外留意周文的情況，他總覺得周文下山時好像有些吃力，但也許只是大病初癒，還需要時間恢復？

楊順子想把這件事說出來，可看到自家妹妹那一臉羞澀的笑容，眼神溫柔得好像一汪水的模樣，不知怎麼，那到了嘴邊的話就說不出口了。

「這大壯家田地多，日子過得好，他家兄弟多，有啥事幫襯的人也多，大壯自己也挺有本事的，種田、捕魚，樣樣幹得來。更難得的是，這孩子脾氣也好，又踏實肯幹，這不是打著燈籠都找不著的女婿嗎？」

徐氏想了半天，還真別說，張家這門親事是挺不錯的。張大壯除了沒有周文好看、不識字以外，她還真的挑不出什麼毛病。

小秀聽到徐氏說周家要來提親了，這心就跳得厲害。

她有些慌，不知道該說些什麼來勸她爹。

心慌之餘，她又有些啼笑皆非。

前世，她和周文，一個病得無人敢嫁，一個懶得無人敢娶，這樣都能順利訂親。

這輩子，他們兩個都變得比從前好了，這想訂親，怎麼變得容易了呢？

「姊！」小虎一路跑了回來。「妳在家啊？妳怎麼還不去周叔家做飯呢？小武哥哥都餓半天了。」

徐氏一把拉過小兒子，從懷裡抽出一塊手帕，幫他擦了擦汗。「你姊剛從鎮上回來，走得累了，讓她歇會兒吧。娘去你周叔家做飯。」

「哦。」小虎瞅瞅這個、瞧瞧那個，大眼睛滴溜溜地轉。「我姊歇著了，那咱家吃啥呀？」

「哎喲，娘忘記先把飯煮好了。」徐氏一拍手，叫道。

小秀笑了笑，站起身。「娘，您去吧，家裡的飯我來做。」周家既然說了提親的事，這些天她都不能再過去幫忙了。

「娘，您中午做些魚丸湯，我教妳怎麼做。」

「行。」徐氏一把摟過閨女。「小秀，妳別怕，爹和娘都聽妳的，妳想答應哪家，咱就應下哪家，誰也不能強迫妳嫁到不願意的人家去。」

這話，楊有田倒也是贊成的。「小秀啊，爹覺得還是那張家好，妳看大壯最近對咱家多用心，又是幫著幹活，又是送東西的。」

徐氏瞪了楊有田一眼。

「就那幾條魚就把你收買了？人家文哥兒對咱家還不夠用心啊？要不是人家，小虎怎麼能讀書識字？還有你們，不也跟著借光了？也不知道是誰，前兩天還跟爹顯擺自己認字了呢？」

徐氏說的是楊有田前幾天去老宅時發生的事。

楊有田不滿意地撇了撇嘴。

「妳不就是覺得那周少爺長得好看嗎？好看又不能當飯吃。再說，他那身子又不好，誰知道以後會是啥樣？這過日子呀，就得找大壯這樣的。閨女啊，妳好好想想，等想好了，再和爹娘說。」

楊有田背著手，溜溜達達的出去了。

徐氏這次沒再幫周文說話。

小虎聽得似懂非懂，卻把這些話牢牢記在了心裡，然後屁顛屁顛地跟在徐氏身後，去周家報信去了。

因為某個小傢伙的通風報信，周大少爺第一時間就知道了有人要和自己搶媳婦、自己還被人家比下去的事。

等到晚上一家人聚在一起吃飯時，小秀就說了楊老三家那菜園的事。

「爹、娘，三嬸家的菜園，我不準備再借種了。」

小秀把白天在鎮上發生的事情說了出來。

其實就算沒有這借種菜園的事，小秀爹娘也是準備經常給楊老三家送點菜過去的。兩口子都是實在人，擔心楊老三一家在鎮上花銷太大。

可是今天劉氏的態度，讓小秀心裡很不舒坦。她突然領悟到，親戚間也應該保持適當的距離，也許這樣，彼此的關係反而能更親近一些。

她把自己琢磨出來的這個道理說了出來。

「爹、娘，往後咱和周家相處，也要注意一些。」

一時間，全家人都沒有說話。

最後還是徐氏豁達地開了口。「往後，這些事咱心裡有數就行了。今年這菜園，咱就當是幫妳三叔家種了，親戚家幫點忙也沒啥。明年，那園子咱不借了，這忙咱也不幫了。好了，這事不用你們管，以後那菜園，娘和你們爹去弄。」

第四十八章

這樣的做法，對徐氏來說，已經是她難得的進步了。

要是換作往常，自家弟妹開口要東西，哪怕是自家要賣錢的，她無論如何也會咬牙送過去的。要不然，前世這兩口子怎能把日子過得那麼窮呢？

先是自家親戚如此，今天借十個雞蛋，明天要兩碗米，後來左鄰右舍也來占便宜。偏偏這兩口子都不懂得拒絕，本來就窮，天長日久的，這日子還能過得好？

可是如今，幾個孩子都眼巴巴的看著自己。

徐氏再想到自家幾口人這兩個月來的辛苦，那送一些野菜給劉氏的話，就無論如何也說不出口了。至於那菜園，她倒是沒有在意，只是有些心疼自家孩子罷了。

楊有田這個老好人也習慣性的想為劉氏辯解幾句。

小秀眼淚汪汪的盯著他，楊順子和小虎也一起看向老爹。

他這話到了嘴邊，立刻轉了話風。

「你們娘說得對，園子裡那些活兒，以後爹去弄，送菜也是我和你們娘去。這天氣也越來越熱了，你們就別來回跑了。」

明明前一天還是豔陽天，第二日就下起了傾盆大雨。

這雨一下，老百姓們都喜笑顏開。

「這雨下得好啊！昨兒我還擔心這幾天不下雨，田裡旱呢！」

楊有田喜滋滋地站在屋簷下看雨，全然不顧有雨點濺到身上。

眼見這雨沒有要停的意思，徐氏便有些著急了。她正準備冒雨去周家，周小武就趕著馬車到了院門口。

「楊伯伯、伯娘好，大哥讓我過來和您說一聲，這幾天可能都有雨，您就在家休息幾天，不用過去了，我們自己在家弄點吃的，應付一下就行了。」

小傢伙的聲音裡明晃晃的都是委屈。又要吃娘做的飯了，好可怕，嗚嗚嗚！

徐氏看著他皺成一團的小臉，再想到大妹子那只會熬怪味粥的手藝，就忍不住想笑。她自然不肯在家偷懶，執意要跟著周小武一起過去。

不過，周文這波貼心的舉動還是很成功的，徐氏本來心裡就偏向他一些，這下更是丈母娘看女婿，越看越滿意。

小傢伙腳尖蹭地，猶豫了一會兒，終於想到解決的辦法，又是一臉燦笑。

「那就辛苦您了，我天天趕車接送您。伯娘，我哥說這兩天就先不上課了，他給小虎留了一些功課，我先給他送進去，然後咱們再出發。」

等徐氏坐著周家的馬車離開，小虎瞄著他爹沒注意的空檔，溜進了小秀的屋子。小秀慌張地把正在看的識字畫冊塞到被子底下。

小虎很自覺的，假裝什麼也沒看到。

「姊，周大哥讓我給妳看的。」

他一臉神秘的拿出一捲紙，遞給小秀。

「等我去上課了，妳記得還我，我還要帶回去的。」

等小傢伙挺著小胸脯出去了，小秀才打開那捲紙。

原來是幾幅畫，這幾幅畫淺顯易懂，意思一目瞭然。

畫中先是一個少年公子去少女家中求親，卻遇到一個小胖子情敵。少女的爹娘讓兩個求親者比試力氣，少年公子被嫌棄，一臉的委屈。

他提出比賽背書、寫文章，卻被少女的爹娘拒絕了。因為他們不識字，文章寫得再好，他們也聽不懂。

畫中的少年公子那表情，真是要多委屈有多委屈，要多沮喪有多沮喪。

小秀看了忍不住偷笑。

後面的畫裡，則是少年公子絞盡腦汁，想方設法討好未來的岳父、岳母，最後終於打敗了小胖子，抱得美人歸。

小秀將這幾幅畫翻來覆去的看了好幾遍，安心之餘，也下定了決心。

當天晚飯的時候，她就和自家爹娘說了不想嫁給張大壯的意思。除了楊有田，其他人都是一副毫不意外的表情。

「為啥啊?大壯那孩子多好啊!要不,妳再好好想想?」

面對自家爹爹一臉期盼的目光,小秀很是堅定。

「爹,我已經想好了。」

其實小秀剛重生那時,對將來要成親嫁人的事特別牴觸。她那麼想賺錢,除了想改善自家的生活外,也是夢想著有一天,她有能力自己養活自己,再搬出去,立一個女戶。她不嫁人,就守著家人,不遠不近地住著,過自己的日子,那也挺好的。

那時候,她對周文也只是心存感激和愧疚。她自己也沒想到,有一天,她和他會有這麼多的交集。而她不再只是因為想要報恩,更是因為心動,而想要嫁給前世錯過的少年。

「唉!」楊有田嘆了一晚上的氣,最後還是鬆了口。「閨女,妳要是真的想好了,那就周家吧,周家也挺好的。爹就是擔心,咱一個種田的跟人家讀書人坐在一塊兒都不知道說啥好,也不知道那些規矩,爹怕你們將來過不到一起去呢。」

這一日,雨仍然沒停,周文卻突然登門了。小秀連一句話都沒說上,就被她爹娘轟回了她的屋子。

也不知道周文和楊有田說了些什麼,反正從那天起,小秀發現她爹不再嘆氣了,反而一門心思盼著天晴起來。

不知道是不是因為連日下雨的原因，老王婆子一直沒來問回信。楊有田和徐氏就商量著，既然自家有了決定，還是主動過去說一聲。

兩人冒雨去了王家，誰知老王婆子根本不在家。

老王婆子嫁到七里屯的二女兒采霞剛剛生了孩子，她的女婿冒雨登門報喜，順便把丈母娘請了過去，幫忙照顧老婆、孩子幾天。

老王婆子的兒媳婦翠花知道自家婆婆幫張家上門探口風的事，她還以為楊家是怕這門好親事出什麼變故，著急給人家回信定下來。

她忍不住打趣兩人。

「老楊二哥、嫂子，你們甭擔心，我婆婆再三、五日就回來了，到時候她一準先去您家，她老人家走的時候還惦記著這事呢。」

翠花一邊送客，一邊自以為是的給這兩口子吃定心丸。

「幾天的功夫，耽誤不了啥事，你們放心吧，這親事長不了腿，跑不了。」

徐氏一聽，就知道這小媳婦是誤會自家來的意思了。她趕緊悄悄把來意說了，還再三叮囑翠花，不要把張家求親和自家回絕的事往外傳。

翠花驚得嘴巴張大，送完他們後，回屋拉著自家相公嘮叨了好久。

「我原本看著這二嫂子挺能幹的，一點也不傻，結果今兒一看，連那老楊二哥腦子也夠拎不清的。張家這門親事，那可是求都求不來的，他們竟然還往外推？看哪天後悔去吧！」

翠花相公瞪了她一眼。「別人家的事，妳知道些啥？這事妳把嘴閉嚴實，不許往外傳，聽見沒有？」

誰也沒有想到，就差這幾天的功夫，還真就惹出了點事。

雨停了，路上稍微乾了些，村人便三三兩兩的上山採蘑菇去了。

這一日，徐氏在周家忙完，收拾後就告辭了。她準備先去老王婆子家看看她回來沒，然後再和小秀一起上山。不是她心急，她也是被周文這孩子催的，早一日給張家回了信，她也好早早答覆周家。

現在她每天過來，周文都眼巴巴的望著她。有好幾次，這孩子還進了廚房，說是要給她幫忙。把徐氏嚇的，趕緊把人勸了出去。

「二嬸。」

徐氏一出院子門，就遇上等在那裡的楊小雪。

「二嬸，我想和您說幾句話。」

「小雪呀，啥事這麼急呀？妳怎麼不去家裡等嬸子呢？」

楊小雪眼神瞟著周家開著的大門，見院子裡有人向後院去了，便也拉著徐氏往周家後面走。

「二嬸，咱們去後面說吧。」楊小雪一副神神秘秘的樣子。「二嬸，我聽說有人向小秀提親了？您和二叔還沒有答應吧？

「二嬸，這嫁人可是一輩子的事，你們可得問好了再做決定。我和小秀關係最好，我最明白她的心意，這門親事她怕是不中意呢，小秀一直中意的都是劉水生。前幾天去鎮上，我還看到小秀躲在暗處偷看人家。上次的事，小秀誤會我和劉水生有啥，到現在還不肯理我，可見她的心意一直沒變。」

楊小雪趁徐氏一臉迷糊時，提高了音量。

「二嬸，小秀喜歡劉水生這麼多年，她那脾氣，您也知道，一向擰得很。若您和二叔背著她定下別的親事，我怕她會想不開呢。

「二嬸，您就成全小秀的心意吧！這些年她也不容易，再說就她那脾氣，若是嫁到別人家，那日子能過好嗎？您一向最疼小秀，不如咱們兩個偷偷想一個法子，去劉家探探口風，萬一事情就成了呢？」

那在周家後院晃悠的人，突然跑了回去，不知道碰倒了啥，傳來一陣聲響。

楊小雪見目的達成，又轉移話題。

「二嬸，這周家的親事也不可靠，人家是什麼人家？周少爺好歹也是秀才公子，為啥會突然向小秀提親呀？剛才二叔在我家，我已經和他說過了，周家提親的事，咱還是別往外說了，要是傳出去，怕是鄉親們會多想，懷疑這裡面有啥問題呢。」

第四十九章

徐氏眼神奇怪的盯著楊小雪，也不說話。楊小雪壓根兒沒留意到她的異樣，只一門心思的往下說，還故作親熱的去挽徐氏。

「二嬸，這事咱悄悄的說。小秀天天來周家，和那周家少爺日日相見的，是不是出啥事了？要不然為啥周家突然要來提親？二嬸，您可別瞞著我們，咱們是一家人，若是小秀出了什麼事，我們都不會袖手旁觀的，肯定要給她討一個公道的。」

今天早上，楊小雪一聽到楊有田跟楊老爺子、楊老太太說，他們準備答應周家的親事，她就什麼也顧不上了，立刻急匆匆的跑了出來，特意等在這裡。她的目的只有一個，那就是讓小秀與周家結不了親。甭管是讓哪一家動搖，她都要阻止這門親事。

誰想到，事情就是這麼巧。

那張大壯他娘和兩個嬸子一早就上後山摘蘑菇去了，這會兒正好下山，路過周家。楊小雪拉著徐氏說事情的地方，就在那下山的小路旁邊不遠處。這些話，被張家妯娌幾個聽了個正著。

張大壯他娘聽了，氣得臉上一陣紅、一陣白。

她本來就沒看上小秀，要不是兒子一直苦苦哀求，她才不會同意託人上門探口風呢。沒想到那個丫頭這麼不要臉，竟然一邊勾搭自己的兒子，一邊惦記著那劉家的二小子，還和周家的病秧子不清不白的。

她腦子一熱，就要衝上去。

張大壯的二嬸是一個聰明的，一見這情形就知道不好，趕緊撲上去，一把將人抱住。

「大嫂，妳再聽一聽，順子娘還沒說話呢，我看小秀不是那樣的姑娘。」

誰知張大壯他娘被人攔腰抱住，一氣之下，竟然直接大聲嚷嚷了起來。

「順子娘，咱兩家結親的事就算了吧！我可要不起妳家小秀這樣的兒媳婦！這什麼姑娘呀，那些花花心思簡直讓人聽了都替她羞得慌！」

張大壯的二嬸心想完了，這親事肯定結不成了。於是她也不傻乎乎的抱著人了，很乾脆地鬆了手。

張大壯她娘立刻雄赳赳、氣昂昂的跑到徐氏面前。

「順子娘，妳就當王家嬸子根本沒去過妳家，只要以後你們別來禍害我兒子，我就當今天什麼也沒聽到。要是小秀再纏著我家大壯，可就別怪我不客氣，要把這些話都宣揚出去！」

張大壯他娘一衝出來，楊小雪心裡就咯噔了下。

糟了！她光顧盯著周家院子裡的動靜，沒留意身後有人下山。

她趕緊上前一步，想打一個圓場，誰知徐氏一把將她推開，繞過她直接就衝到張大壯他娘面前。

「大壯娘，妳剛才說的是啥話？姑娘家的名聲多重要，妳不知道？我家小秀怎麼了？就讓妳要不起她這樣的兒媳婦了？剛才這些話，哪句是我家小秀說的？怎就成了她的花花心思了？」

徐氏氣壞了，態度難得的強硬。

「不結親，成！但妳們不能走，得聽我們把這事說清楚了才能走。」

張大壯的二嬸上前一步，想緩和兩句，徐氏壓根兒就沒搭理她，又轉身，衝向了楊小雪。

啪！

楊小雪被這一巴掌甩懵了，張家的三個妯娌也看傻了。

這順子娘啥時這麼剽悍了？

周家後院的門悄悄開了，兩個小傢伙跑了出來，乖巧地站在徐氏旁邊。徐氏打完人，自己先掉了眼淚。

她指著楊小雪的鼻子，就是一通罵。

「妳這丫頭，心怎麼那麼黑呢？我家小秀哪裡招惹妳了，妳要這麼敗壞她的名聲、壞她的親事？怪不得小秀病好了就不搭理妳了，原先她說妳和劉水生一起冤枉她，拿她當擋箭牌，我還不相信。先前我家小秀就委屈得不行，說她根本不知道啥叫喜歡，是妳天天帶著她和那個劉家二小子一塊出去玩，回來就拿她這樣打趣，她才覺得自己喜歡那小子的。

「可自從上回那小子莫名其妙的衝過來，罵了我家小秀一通，她就想明白了，再也不肯和你倆一起出去當擋箭牌了，妳怎麼還非要攀扯她呢？」

當初小秀病好的時候，她還勸閨女多去找堂姊玩呢，她真是傻。

楊小雪一邊捂著臉，一邊委屈的給自己辯解。

「二嬸，您誤會了，我絕對沒有破壞小秀親事的意思。我就是為了小秀好，擔心小秀才來找您的，我也沒想到會被人聽到咱倆說的話啊！小秀膽子小，不敢承認她喜歡劉水生，我能理解。我知道，她一直在生我的氣，可她真的冤枉我了，我和劉水生真的什麼事都沒有。我現在就可以在這裡發誓，我是絕對不會嫁給他的。」

楊小雪這話一說完，徐氏還沒說什麼，小虎就仰著腦袋跑到徐氏和楊小雪中間。左看看，右看看，一臉不解，又跑回去扯周小武的衣袖。

「小武哥哥，那天在山上，你不是說堂姊和水生哥做的事，小孩子不能看也不能做，是我爹和我娘那樣的夫妻才能做嗎？你不是說，他們兩個是要成親的人嗎？可堂姊怎麼說她和水生哥沒關係呢？這又關我姊啥事？我姊整天忙得很呢。大人的事真奇怪，搞不懂。」

為了自己閨女的名聲，徐氏也不再顧及親戚情面了。

「小雪，妳總說小秀誤會妳和劉水生。其實沒啥誤會不誤會的，妳和他有沒有發生啥事，跟我家小秀一點關係也沒有。妳想嫁就嫁，不想嫁就別嫁。以後妳不要再在我們面前提起這個人了，我家小秀可從來沒想過要嫁給這種人。

「還有，小秀在周家幫忙，天天都是在兩大家子人眼皮子底下幹活的，妳一個沒嫁人的大姑娘，以後少想那些羞臊人的事，妳要是有那個臉想，就躲自己屋裡想去，別往我家小秀身上潑髒水。」

楊小雪心裡也有些慌了。壞人名聲可是大事，若是今天的事不解釋清，連她爹娘都得吃掛落。

可事到如今，她是進退兩難。

如果她說得太多，怕刺激得小秀把從前她和劉水生碰面的事都抖出去，她再想和劉水生撇清關係就更難了。若是什麼都不說，那也不行。

她只能硬著頭皮演下去了。

楊小雪跺跺腳，偷偷掐了自己一把，頓時就疼得眼淚直流。

「二嬸，我真沒有，我……」

周小武突然伸手示意一下，表示他有話要說。

「咳咳，這位姊姊，不好意思，我哥有話讓我轉告妳。」

他停頓了一下，有些同情的看了楊小雪一眼。

「我哥說，麻煩妳以後別再躲在我家附近偷看了，我家裡沒有金銀珠寶，只有幾本破書。我哥他對妳沒興趣，也絕對不可能娶妳，所以請妳以後自重點，別在他附近轉悠了，更別再藉著小秀姊和伯娘的名義上門了。」

周小武這話一說出來，鴉雀無聲。

就這一會兒的功夫，已經有幾個從山上下來的村民，被這邊的聲音吸引過來看了半天熱鬧，這些人都做出一副恍然大悟的表情。

哦，原來是堂姊相中周家這門親事，這才來往堂妹身上潑髒水啊！

楊小雪只覺得眼前直發暈，心中暗恨周文的不解風情和不留情面。沒想到，更大的打擊還在後面，她一直想擺脫的劉水生竟然也跑出來湊熱鬧。

劉水生前兩天就偷偷回到村裡，一直在楊小雪家附近徘徊。

今天終於被他逮著機會，楊小雪跑出來的時候，他就跟在她身後了。這場鬧劇，劉水生可是從頭看到了尾。

劉水生心中暗恨，怪不得這死丫頭翻臉不認人，一門心思想甩開他，原來是找好了下家呀！

從前，劉水生心裡對楊小雪還有幾分真心實意，要不然上次他娘為他相中那柴家姑娘，他也不會想出昏招，想享齊人之福了。不過現在那些情意，是一分都沒有了，只有滿滿的惡意。

劉水生一出現，就一臉深情的奔向楊小雪，還擺出一副保護者的姿態，將她護在身後。

「小雪來之前，我就勸過她，不要多管閒事，沒人會領情的。可這傻丫頭偏偏要來，還說為了楊小秀那丫頭，寧可放棄我們的幸福，也要成全她。」

劉水生轉過身，不顧楊小雪的抗拒，一把拉住她的手。

「小雪，剛才二嬸說的我都聽到了，既然小秀對我沒什麼心思了，妳也不用再顧慮她了，明天我就讓我娘請人上門提親。我們終於可以在一起了，妳不知道，這些日子見不到妳，我心裡有多麼煎熬，我想妳想得都要發瘋了。」

第五十章

劉水生這一番表白，讓在場的人都看得目瞪口呆。這也太刺激了，這兩個小年輕果然有一腿呀！

更好看的還在後頭呢。

楊小雪掙了兩下，沒掙開劉水生的手，羞得不行，她抬起另一隻手，就要甩他一巴掌。

徐氏從剛才見劉水生纏上去就四處張望，最後終於找到一根粗樹枝，拾了起來，然後便衝上去，對著劉水生就是一通亂打。

「你這個壞心眼的娃子，你要是真喜歡我姪女，幹啥不讓你娘光明正大的上門提親？你還敢動手動腳，占我們家小雪便宜，你當我這個嬸娘不存在是不是？看我不抽死你！」

劉水生猝不及防，被抽得到處逃竄，徐氏緊追不捨。

「我讓你油嘴滑舌、讓你胡說八道！長得跟麵團子似的，連一把鐵鍬都拿不起來的傢伙，天天光作夢想著這個姑娘喜歡你、那個瞧上你了，你怎麼那麼不要臉呢？娶不上媳婦乾脆就用騙的是吧？就應該把你捆了當和尚去！」

徐氏越罵越順口。

「讓你造我閨女的謠、讓你說她喜歡你，喜歡你個耙耙！看你這副醜樣，這村裡的哪個後生都比你強。我閨女漂亮又能幹，眼睛又沒瞎，能喜歡你？」

劉水生被打急了，說話更加討人嫌了。

「嬸子，您可想好了，我將來可是要和小雪成親的，您這樣對我，不怕我岳父、岳母找您算帳？」

楊小雪從徐氏替她出頭開始，就神色複雜的愣在原地。此時聽了這話，她終於反應過來，跑過去攔下徐氏。

「二嬸，別打了，這個人有妄想症，天天作夢，您越搭理他，他越興奮，我來和他說。」

徐氏喘著粗氣，停了下來。

「劉水生，我早就和你說過了，別再糾纏我，也別再出現在我面前，你聽不懂嗎？你以為自己是什麼東西？你以為我們老楊家的姑娘是任你挑揀的？別以為在這胡說八道幾句，就可以趁人之危，占我便宜。我楊小雪說過不會嫁給你，就是不會嫁。任你將白說成黑的，編造出多少戲來，我的答案也不會變。」

楊小雪說完，看也不看他，反而站到徐氏身邊，悄聲和她說了幾句話，然後又深深看了小武一眼，這才像什麼也沒發生過似的，抬頭挺胸、一臉傲氣的走人。

劉水生狼狽得不行，也跌跌撞撞的走了。

幾個村民看完這場大戲，怕現在離開會錯過什麼，便在旁邊閒聊起來。

村民甲：「那楊家丫頭說的妄想症是啥玩意兒？」

村民乙：「就是在說劉水生作夢的意思吧？」

村民丙：「哎喲，這楊家的姑娘可都不得了呀！尤其是這個楊小雪，這睜眼說瞎話的本事，可真了不得。」

村民丁：「就是，她和劉水生要是啥事都沒有，人家劉二小子為啥一直跟她低聲下氣的呀？我可是聽說上回上山的人就把他們堵了個正著。楊家那丫頭，這是有了新目標，就翻臉不認人啦！」

村民丁一邊說，一邊往周家後院瞟。可惜，那後院的門已經關上，啥也看不到。

徐氏聽了這些話，直衝那些人瞪眼睛。那幾人想到她剛才追著劉水生打的潑辣樣，這才收斂一些。

村民丙還是忍不住嘀咕了兩句。

「你們懂啥？人家那楊家大丫頭是有底氣！你們沒聽說嗎？那丫頭隨便做了點東西，去了縣城一趟，就賣了好幾十兩銀子呢。人家有這份能耐，還用在乎老劉家？」

這話題慢慢的就偏了，轉到了楊小雪賺錢的事情上。

徐氏聽了，覺得沒有她什麼事了，就準備走人。誰知那邊張大壯他娘突然衝著她的方向，狠狠呸了好幾口。「呸呸呸！這是什麼人家？真是家風不正！小的不害臊，老的會發瘋，虧得老王嬸子這些天不在，要不然這親事真定了下來，我家大壯下輩子就算毀了，我這臉也丟盡了，以後都沒臉出來見人了。」

小虎對「傻呀、瘋呀」這些字眼特別敏感，小傢伙往前一步，就要說話。徐氏一把摟住自家兒子，又不在意的瞅了瞅張大壯他娘。

「妳想多了，就是老王嬸子在家，我們丟不丟臉，也和妳扯不上關係。這門親事，我早就去王家回過話了，我們根本沒應。」

徐氏說完，一手一個，領著看傻了的兩個小少年，邁著大步，雄赳赳、氣昂昂的走了。

張大壯他娘一臉不信地嗤笑一聲，又嘟囔了半天，才帶著兩個妯娌回家了。

本來根本沒有幾個人知道張家想去楊家提親的事，這下子，全村人都知道了。

小秀正在家裡忙活，就見徐氏在兩個小傢伙的陪伴下，氣呼呼的回來了。

徐氏把事情一說，小秀簡直無語了。這可真是人在家中坐，禍從天上降，她的親事又招誰惹誰了？

她實在搞不懂，這位穿越來的姑娘一身學問、本領，不好好過自己的日子，到底想要折騰些啥？她想折騰，就躲在自己家裡折騰，幹啥非要扯上自己？

小秀忍不住懷疑，這位姑娘這麼愛演戲，難道上輩子還有一個明星夢？

小秀在異世的那些年，跟著周行之見識了不少，連追星都學會了。

想到周行之，再想起周文好看的那張臉，小秀心裡酸得不行的同時，又突然理解了楊小雪的見異思遷。幸虧周文平日不喜歡出門，要不然估計這滿村子沒嫁人的姑娘都得跑去偷看他了。

小姑娘酸過後，又一臉笑意地對她娘伸出兩個大拇指。

「娘，您今天太厲害啦！」

她家人都嘴笨不會吵架，她娘今天真是超常發揮，看以後誰還敢說她娘傻？

徐氏有些不好意思，又帶著幾分忐忑地和小秀解釋道：「小秀呀，娘後來幫著小雪打人，妳不會生氣吧？娘也生那個臭丫頭的氣，可不管怎麼說，咱都是一家人，不能看著她被一個外人欺負不是？再說，妳們是堂姊妹，她的名聲要是臭得厲害，我的寶貝閨女也會受牽連的。

「娘之前罵她的時候，是怕張家的人誤會妳，往外面瞎傳，壞了妳的名聲。可是村子裡有人下山了，娘尋思著，就不能多說了。」

小秀和小虎對視一眼，一齊撲向了徐氏。

「娘，您太厲害了！」

「娘，您剛才可威風了！」

兩人你一言、我一語，把徐氏一通誇，周小武在一旁看著，一臉羨慕。

娘仨鬧了半天，小秀終於想起了正事。

「娘，咱還是喊上我爹和大哥，一起去老宅一趟吧！」

小秀生怕楊小雪回去繼續發揮她的演技，倒打一耙呢。

周小武乘機提出告辭，他要回去給自家爹娘、哥哥表演一下剛才的事。而且小傢伙已經敏感的感覺到，楊小雪看向他的那一眼大有文章，他得趕緊回家向大哥匯報。

楊有田一家人趕到老宅的時候，那一大家子還什麼也不知道呢。楊小雪回來後，竟什麼也沒說，就直接躲回自己屋裡去了。

徐氏當著楊老爺子和楊老太太的面，把今天的事情一說，兩個老人又驚又氣。他們實在沒法相信，這事是自家那一向懂事能幹的大孫女做的。

何氏一聽這事，一臉不信，直接炸毛了。「弟妹，說妳腦子不好使，妳還不樂意？妳怎麼狗咬呂洞賓，不識好人心哪？我家小雪好心去提醒妳，怕你們不了解內情，做錯了決定。妳一個當嬸娘的，不領情也就算了，怎能當著外人的面，那麼說我姑娘呢？妳是不是腦子……」

小秀適時地幽幽插了一句。

「大伯娘這些日子，攢了不少雞蛋吧？」

何氏接下來那些難聽的話，立刻就吞了回去。

當初她罵徐氏是傻子，被罰的那三十個雞蛋，每回想起來，她都肉疼得很。

「爹、娘，小雪那孩子是在你們二老身邊長大的，她是什麼樣，您二老最清楚。今天這事，都是弟妹自己不分青紅皂白，不注意場合搞出來的，你們可得給小雪作主。」

看到何氏這樣一副不講理的模樣，楊老太太不由氣得一拍炕頭。

「妳給我閉嘴！按妳的意思，小雪那麼說自己的妹妹還有理了？還委屈了？順子娘自家閨女受了委屈，還沒忘了在外人面前維護小雪，幫妳閨女出了氣，妳連一句謝字都不會說了？」

楊老太太一發火，何氏就蔫了。

楊老爺子也氣得不行。

「幸虧有田最後沒選張家那門親事，要不然那麼好的一門親事，就這樣被小雪作黃了，我看你們怎麼賠？妳趕緊去把小雪給我叫出來，讓她把這事說清楚。」

何氏磨磨蹭蹭的，不想去叫人。

剛才小雪回來的時候，臉色就不對，何氏這心就一直提著，到了現在，她哪會不明白，自家閨女這是真的闖禍了？

楊有田嘆了一口氣。

「爹、娘，你們別激動，小心身子。這件事，小雪是對是錯，都是咱自家的事。可小雪和劉水生那孩子到底怎麼回事，大哥、大嫂心裡得有數。眼下，劉水生當眾說了那些話，保不齊明天就上門提親了，咱們還是想想要怎麼答覆人家吧？反正我看那個劉水生不是什麼好人，他要是真心喜歡小雪，會當著大家的面做出這麼不要臉的事？這不是逼著小雪嫁給他嗎？」

楊有田一家到老宅的時候，楊小雪正望著手裡的幾幅畫出神。

她在現代曾學過素描，這幾幅畫就是她用畫花樣子的炭筆畫周家人的畫像。因為沒有看過梅氏的模樣，這畫上就只有周家父子三人。

自從對周家人的身分產生了懷疑，最近她的確總是趁著徐氏和小虎不在的時候，找藉口往周家跑，可惜都被拒於門外。

她只好躲在高處偷窺了兩天，並沒有發現任何異樣。可越是這樣，她越是覺得周文不一般，他很可能才是她的男主角，最起碼，也是一個有著特殊身分的重要人物。

楊小雪這次倒是瞎貓碰上死耗子，竟然被她蒙對了。

其實，她在現代不過是一個普通的上班族，如今恢復了穿越前的記憶，她卻莫名的自信和傲氣起來。她堅信老天爺讓她穿越而來，肯定會讓她大有作為的。

所以，今天周家兄弟當眾羞辱她，讓楊小雪立刻就放棄了直接博取周文好感的想法。她決定從那個找人的貴人那裡下手，促成那貴人和周家人相認。到時候，她這個功臣自然有好處。

楊小雪將畫放進包袱裡，又貼身放了兩張銀票，便揹著包袱，悄悄從後院離開。

等到何氏推脫不過，去楊小雪的屋裡喊人時，便只看到桌上的一封信。

何氏被嚇壞了，拿著信跑回去，在門檻那兒狠狠摔了一跤，徐氏和小秀趕緊去扶她。

「這是怎麼了？」楊老太太也被她的樣子嚇了一跳，趕緊下了炕。

「娘，小雪走了，屋裡只留下這封信，孩子肯定是被嚇壞了，連家都不敢待了！」何氏扯住楊老太太就要開嚎。

「大嫂，咱還是先看信吧，看看小雪在信裡都說了啥？」徐氏趕緊攔住她。

「對，先找人幫忙看信！」

「不用找人，我來看，我可是周大哥的弟子。」

一屋子人都盯著小虎，看著他像模像樣的拆開信，皺著小眉頭看了一會兒，這才嚴肅的開口。

「堂姊說，她急著去縣城辦一件大事，順便談點生意。她帶了銀子在身上，到了鎮上就租一輛馬車去縣城了，過兩天事情辦成，她就回來了，讓爺爺、奶奶、大伯、大伯娘不要擔心。

「堂姊還說，若是劉家來提親，讓大伯和大伯娘千萬不要答應，直接把人趕出去就是。那個劉水生上次就想害堂姊，這次也是因為堂姊會做生意才湊上來的，這個人絕對不是能託付終身的人。堂姊讓你們不用在意外面的流言蜚語，她的婚事，她自己心裡有數，她未來的新郎倌肯定是人中龍鳳。

「最後，堂姊說她琢磨了一樣新吃食，家裡下個月就要忙起來了，讓你們趁著這幾天把家裡的活計提前忙完。就這樣，沒了。」

第五十一章

楊小雪突然留書離家，讓老楊家的人既吃驚又擔心。聽了小虎讀了那封信，眾人心裡總算踏實了一些。

楊老太太拉過小孫子，不太放心地確認道：「乖孫兒啊，這些字你都認識？你堂姊真的是這麼說的？你再給奶讀一遍。」

小虎便靠在楊老太太身上，把那封信又認真的讀了一遍。

「不對啊，大姊什麼時候會寫字了？再說，咱家也沒毛筆和硯臺呀？」楊老大家的大兒子楊小偉突然嚷了起來。

大家一想，還真是這麼回事。

「小雪好像會寫字……前陣子，她躲在屋裡弄那個香皂的時候，我就看過她拿著畫花樣子的炭筆在那寫寫畫畫的。」何氏有些不太確定地說道。

楊老太太心裡有些不安。這個孫女打小就在她身邊長大，這些日子，這孩子的變化，楊老太太都看在眼中，擔憂在心中，已經隱隱察覺到孫女的異樣，卻只敢自己胡思亂想，不敢把懷疑說出口。

徐氏猶豫了半天，還是開口說道：「娘，既然小雪去了縣城，您看要不要讓人去找她，陪她一塊過去？她畢竟是個姑娘家，一個人出門在外也不安全，再加上那個劉水生，我總覺得他像是在琢磨什麼壞主意。就說今天的事，他怎麼那麼趕巧就在那會兒出現了？娘，我怎麼琢磨都覺得不對勁。」

雖然楊小雪做的事讓徐氏很生氣，但一碼歸一碼，該提醒的，她還是會提醒。只是以後，她再也不會讓自家閨女和那個臭丫頭在一處玩耍了。

被徐氏這麼一說，何氏也緊張起來。

上次小雪落水的事，她還不太相信是劉水生動手推的，可是今天的事，再加上自家閨女在信裡都說了是劉水生想害她，何氏心裡就犯起了嘀咕。

她趕緊打發楊小偉去追人。「偉子，你趕緊帶些銀子，現在就出發。她剛走沒多久，說不定你還能趕上。要是追不上，到了鎮上你就好好打聽打聽，看看她是租了誰的車去縣城的，你也租車追過去。找到她，你就留在那裡陪她，等她辦完事，你們再一起回來。」

楊老大想了想，也覺得不放心，乾脆讓何氏多準備些銀子，他也跟著兒子一起去。

楊老爺子黑著一張臉，擺了擺手，讓他們父子趕緊走人。「你們悄悄的去，別咋咋呼呼的，讓人看了，還不知道傳成什麼樣子呢。」

楊老爺子最好面子，好不容易最近二兒子一家爭氣了些，老三那裡日子也過得不錯。誰承想，本來最讓他們老倆口放心的大孫女又開始出么蛾子了。楊老爺子只覺得自己都要沒臉出這個院門了。

「從今兒開始，都老老實實的待在家裡幹活，少出去串門子，以後也少和人家說些有的沒的，要是有人說什麼，就讓他們說去，全當沒聽到就是，把日子過好了，比什麼都重要。到時候，還怕沒人上門提親嗎？」

等楊老大帶著兒子走了，楊有田一家也離開了，何氏在家左思右想，越想越不踏實。不說別的，就說小虎才學了幾天，就能讀信了？不會是他瞎編的吧？她乾脆拿著那封信跑去鎮上，找到楊老二，請他幫忙再看一看。

楊老三幫忙看了信，和小虎說的半點不差。

何氏又央著楊老三陪她去車馬行打聽了下，得知楊小雪和楊老大父子差不多前後腳租車的，都往縣城去了。何氏放心之餘，又開始心疼那租車錢，只盼著爺倆坐的車能早點追上閨女，到時候省下一輛租車錢，也能省不少銅板呢。

出乎楊家人意料的是，這場風波雖然傳了開來，但村民們關注更多的，竟然是張大壯被楊有田家拒絕親事的事。

從前大家看到的，都是張家豐厚的家底，還有幾個男娃子的能幹。如今因為這件事，就有那當娘的人發現張大壯他娘的強勢。有一個厲害的婆婆，那可不是什麼好事。

而楊家人擔心劉家會大張旗鼓上門逼親的事也沒有發生，劉水生更是不見了蹤影。

從前何氏眼睛一直長在頭頂上，許多上門向楊小雪提親的人都被她拒絕了。如今她總算意識到，自家閨女不小了，也該訂親了。可再放眼望去，合適的人選竟然沒了。年齡相仿的小夥子中，除了劉水生，條件最好的就是張大壯了，可是人家才剛和小秀提過親，自家肯定是不能再湊上去的。其他的，她又看不上。

何氏突然著急起來。她和楊老太太商量，說她想回娘家一趟，請娘家人幫忙替小雪物色有沒有適合的小夥子，結果被楊老太太攔了下來。

「小雪她娘，咱們現在急匆匆的給小雪找婆家不合適，旁人肯定會覺得咱們這是心虛呢。這事情一件一件的，剛過去沒多久，妳以為大家不說就是忘了？現在沒啥事，小雪又不在家，自然沒人議論。若是現在傳出小秀要相看人家的消息，妳再看有沒有人說三道四？還有那劉家，說不定還有啥么蛾子呢。

「小雪在信裡不是說了，她回來還要做生意呢。咱們啊，還是一心幫著孩子做正事吧。等到明年事情淡去，再給孩子相看一門好親事。妳爹說得對，只要咱家日子過得紅火，再加上小雪的聰明能幹，不愁找婆家的事。」

楊老太太勸何氏這話說得頭頭是道，背地裡卻也愁得不行。

「老頭子，你說現在順子娘變靈光了，不傻了，小秀也開始爭氣了，這小雪怎麼又開始作妖了呢？我總覺得這孩子這段日子古怪得很。我想了好幾天，打算這兩天偷偷去廟裡拜一拜，你和我一起去不？」

楊老爺子想了半天才答應了一聲。

「妳們這些老婆子，就愛信這些沒用的。唉，想去就去吧，圖一個心安也好。」

另一頭，梅氏聽說在自家後山發生的事，高興得不行。未來親家母變得這麼厲害，那可都是她教導有功。徐氏再過來的時候，就被她好一頓誇。

「嫂子，那天的事我都聽說了，妳這麼做就對了。有些人，妳和他們講道理是沒用的，以後就應該這樣，能動手絕不動口。這世上根本沒有什麼講不通的道理，如果有，那肯定是打得不夠狠。」

徐氏被她的話逗得哈哈大笑。

窗內，周秀才一臉無奈地搖頭。

院子另一邊，正在做功課的兩個小傢伙，都被嚇得縮了縮腦袋。

梅氏一邊幫徐氏摘菜，一邊直嘆氣。

「哎呀，要不是因為我兒子也向小秀提了親，我怕自己出去幫忙，會給妳和小秀惹來什麼不好聽的閒話，否則昨天我早就出手了。唉，太可惜了，這麼好的機會，我竟然錯過了。」

徐氏笑過後也很感慨。

「大妹子，妳說的真對。這人呀，就得厲害起來，要是厲害了，就沒人敢欺負妳了。昨天我揍了劉水生一頓，後來我眼睛一瞪，那幾個說閒話的漢子竟然都不敢吱聲了。」

第二天，周秀才和戴著面紗的梅氏就登門了，他們是鄭重上門來表達提親意願的。楊有田兩口子也不會那些虛的，當即就應了下來。至於聘禮，楊家也沒啥要求，只要以後小秀過得好，他們就知足了。

「你們放心吧，我梅氏的兒媳婦只有受寵的，絕不會受氣。」梅氏這個人從來一言九鼎。她總覺得自家求娶的目的有些不純，對小秀心懷愧疚。所以從她決定為兒子求娶小秀時，就決定要護她一輩子。

兩家人達成了共識。第二天，村長李鐵山就以媒人的身分上門了，親事就這樣定了下來。

對別人來說，有些事不過是多了一些茶餘飯後的話題，可對於當事人來講，卻是不亞於晴天霹靂。

這幾天，張大壯一直恍恍惚惚的，做什麼都提不起精神。他想去問一問小秀，為啥不肯應下親事？又想去替他娘和小秀道個歉。可一想到自家娘親說的那些過分的話，他就無法鼓起勇氣，出現在那個總是一臉溫柔的小姑娘面前。

就在他猶豫的這幾天，就傳出小秀和周文訂親的消息。

張大壯是從堂弟那裡聽到這個消息的。這一次，他再也按捺不住，直接跑到小秀家。他去的時候，小秀娘倆已經上山了。他又跑到山腳下，等著她們下山。

快到中午的時候，小秀娘倆果然從每天下山那條路走了下來，一人揹了一個大筐，裡面裝了蘑菇，還裝了不少野果子。

張大壯迎上去，癡癡地看著小秀，好半天沒說話，只是伸手作勢要幫她們拿柳條筐。

徐氏看了看他，長嘆一口氣。「大壯呀，嬸子知道你是一個好孩子，不過，嬸子現在可不敢讓你幫忙了，回頭要是你娘知道了，還不知道要說些啥呢。」

張大壯的臉騰地一下就紅了。

第五十二章

張大壯紅著臉，對徐氏和小秀行了一個大禮。

「嬸子、小秀妹妹，對不住了，我娘那個人就是特別容易衝動，我奶已經訓過她了。我代我娘給妳們道歉，我娘她沒有壞心，她只是……」

可憐的孩子實在找不到理由為他娘辯解了。那天回家後，張大壯的兩位嬸子已經如實將當時的情形跟張家二老匯報過了。當時，他娘就被自己的婆婆狠狠臭罵了一頓。

「先不說妳聽到的那些話是真是假，就算那個小秀真像她堂姊說的那樣不像話，妳悄悄回來先和我們商量，到時候咱們直接去老王婆子那裡說一聲，就說這門親不合適，咱不結了，這事不就結了？」

張家老太太簡直被自家兒媳婦做的蠢事氣得頭都暈了，頭一次，一點面子都沒給要強的大兒媳婦留。

「我和妳爹，一輩子都沒跟人紅過臉，都是鄉裡鄉親的，一個村子住著，抬頭不見低頭見的，原本不管這親事成不成，都不影響咱們兩家的交情。如今妳這麼一鬧，咱們兩家以後還怎麼相處？再說了，妳自己兒子的心思，妳一個當娘的不知道？萬一人家閨女是被冤枉的，妳這一衝出去，這門親事還有成的可能嗎？」

張家老太太再看自己那一副備受打擊，就差沒哭出來的大孫子，這心裡的火就越燒越旺。

「妳說妳兒子都這麼大了，平時也挺能幹的，怎麼偏偏這次人家說什麼，妳就信什麼？那個楊小雪一看就不是省油的燈，別說她和劉水生傳的那點破事，就說哪有一個姑娘家會插手自己堂妹的親事的？這樣的人說的話，妳也敢信？」

最後，張家老太太還是沒忍住，拿話點了兒媳婦幾句。「大壯娘，妳也別不服氣，妳那點小心思，別當誰看不出來。這事，有妳後悔的一天。」

張大壯他娘說什麼也不肯承認自己做錯了，反正她是絕對不會讓那樣的兒媳婦進門的。那個楊小雪不是省油的燈，那個楊小秀更好不到哪裡去。前陣子，不是還有鎮上的男娃子來找她嗎？

此時，張大壯滿心苦澀，站在小秀面前，腦子裡卻都是那天他奶罵他娘的話。直到他奶說了最後那些話，他才知道，原來自己的娘根本不喜歡小秀，這才乘機鬧黃了這門親事。

他不止一次地想，要是他早點發現自己娘的心思，早想辦法讓娘多和小秀接觸，事情會不會就不一樣了？

可惜，這世上的事情沒有如果。

「嬸子，我先幫妳們把東西送回去吧。我還想找小秀說幾句話，不會耽誤妳們太長時間的，我說完就走。」

徐氏嚇得連連擺手。「不行、不行，那可不行，我們不用你送，我們娘倆自己揹得動。你娘可是說了，讓我們家小秀以後繞著你走呢。」

小秀看著張大壯又是忐忑、又是傷心的模樣，拉了拉徐氏。「張大哥，有什麼話，你就在這說吧。」

既然已經來了，不把心裡的話問出口，張大壯是無論如何也不會甘心的。所以哪怕徐氏一步也沒挪，他還是問出了口。

「小秀，要是沒有這次的事，妳會應下親事嗎？」

小秀猶豫了一下，很誠實的搖了搖頭。

哪怕沒有這件事，哪怕沒有周文，她也不會應下這門親事的。確切地說，如果那個人不是周文，她這輩子恐怕不會和任何人成親的。

而且，她是一個心細又敏感的人，大壯哥他娘莫名的不喜歡自己，她從上次去張家買魚時就發現了。還有張家那麼一大家的人，哪怕沒人欺負她，也會讓她想起前世在劉家做牛做馬、一刻不得歇息的日子。

「張大哥，你是一個好人，以後你會找到一個更適合你的姑娘。謝謝你這段時間的幫忙。」

前段時間，張大壯可沒少藉故出現，幫忙楊有田幹這幹那的，因此小秀這道謝也是真心實意的。

想了想，小秀又多說了幾句。

「其實我能理解你娘說的那些話，她也是為了你好，怕你娶錯了人，都是當娘的一片苦心。只是，耳聽為虛，眼見未必為實，希望孀子以後不要隨便聽信別人的話了。」

小秀只說能理解，卻沒有說不怪她或者原諒的話。

小姑娘心裡也委屈著呢！她好好地過日子，招誰惹誰了，一個個要這樣說她？哪怕她身正不怕影子斜，也不想輕易原諒這些「壞人」。

最後，張大壯是紅著眼睛離開的。壯實的少年沒有回家，反而跑上了山。現在他只想找一個沒人的地方，躲起來待一會兒。

徐氏的情緒有些低落。

「唉，可惜了，大壯這個孩子真心不錯，就是他娘實在愁人。幸好閨女妳聰明，沒選他們家。娘聽說，最近大壯他娘正和家人鬧彆扭呢，她不覺得自己有錯，反倒還怪張家老太太託人來咱家探口風呢。

「哼，娘知道，她這是看不上咱家，嫌咱窮呢。我閨女這麼好，讓她後悔去吧！就是可憐了大壯這孩子，還有他以後要娶的媳婦，有那樣一個婆婆，這日子要難過了。」

張大壯他娘因為被徐氏說的拒婚的話落了面子，心裡有口氣吞不下去，這幾天，背地裡沒少和別人說楊有田家的壞話。

徐氏現在也有幾個交好的婦人，這話很快就傳到她的耳裡。

徐氏氣得當場就放話，小秀從前身體不好，自己是心疼閨女，不想小秀將來嫁過去天天伺候那麼一大家子，這才推拒這門親事的。也因為徐氏這話，好多有閨女的人家，也開始不再一味覺得把閨女嫁到張家全是好處了。

徐氏心裡還想：讓妳覺得自己兒子了不起，誰也高攀不上，等著吧，我未來的女婿比妳家大壯強一百倍都不止，等我家小秀訂親了，嚇暈你們！

小秀可不知道她娘暗地裡的小心思，聽了她娘的話，不由莞爾一笑。

「娘，各家的日子，酸甜苦辣只有自己知道。大壯哥是一個會過日子又靠得住的，以後肯定會護著他媳婦的，咱們就別替人家操這個心了。明兒咱們就開始摘菜吧，把那馬鈴薯、茄子、豆角先曬一批。」

鄉下的規矩簡單，根本沒有過六禮一說，所有的儀式都集中在訂親這一天。

在這邊，女方家應下了親事，兩家便選好一個日子，請幾桌酒席，男方備好禮上門，當堂定下迎娶的日子，大事就都完成了。

兩家說定親事後，周家拿到了小秀的生辰八字，據說還專門請了一個得道高人幫著合了八字——大吉。

其實那個不靠譜的得道高人，現在還不知道在哪兒閒晃呢。

梅氏整天都笑呵呵的，還戴著面紗，跟著周秀才去了縣城兩趟。

很快的，小秀和周文正式訂親的日子就到了。

訂親宴當天，男方這邊只請了村長李鐵山一家來當陪客，陪著一起去楊家。

女方這邊則是楊家三房都到齊了，只缺了楊老大和一雙兒女，他們還在縣城沒回來呢。再有就是幾戶平日與楊有田家關係不錯的鄰居，還有跟徐氏交好的幾個特意過來幫忙的婦人，其中就有狗蛋他娘。

二丫也一大早就過來了，還給小秀帶了兩朵精緻的絹花。這是她特意跑去鎮上給小秀買的禮物。這一次，她那個摳門的奶奶難得什麼也沒說。

梅氏依然戴著面紗，卻沒人說些什麼。大家都聽到了村裡的傳聞，再見梅氏這副不敢露出真面目的樣子，自然又信了幾分，誰也不好意思去討人嫌。

這次，連何氏都規矩得很。

周文和小秀分別了一段日子後，終於見面了。眾目睽睽之下，兩個人也只能相視一笑。就是這樣，小秀也覺得心跳得越發厲害了。這一世，她真的要嫁給這個人了。

周家準備的聘禮，頭兩樣也是聘禮銀子和細棉花布，這和尋常莊戶人家是一樣的。只不過那銀子足足有六兩，那棉布也比常見的棉布品質好上一些。

後兩樣是一把精緻的梳子，還有一面極其難得的西洋梳妝鏡。

這還沒完，周秀才又拿出一張地契，親手交給楊有田。

「文哥兒這孩子是一個有心的，他聽說小秀對養山雞感興趣，就專門查了一些書籍資料。那書上說，這山雞還是養在山地好一些，於是我們就和村長商量，從你家後門開始往山上的方向，圈出四畝山地，買下來送給小秀，用來養山雞。文哥兒還請他從前的同窗，幫忙尋了一些特製的網子，到時用網子把那塊地圍起來，把山雞放養在裡面就行了。

「還有院子裡的那個打稻機，也是文哥兒照書上的圖紙琢磨出來的，也不知到底好不好用？這事就留著過陣子秋收了，你們翁婿二人再一起研究試驗吧。這孩子，原本是想研究那犁地的工具，後來一想，這秋收更近一些，就研究了這個當作聘禮。」

這一屋子坐著的，除了周家人，全都是靠種田為生的。聽說周文研究出打稻機這樣的新玩意兒，一個個眼睛都直發光。

楊有田驕傲地挺起了胸膛，看那樣子，比周秀才這個爹還以周文為傲呢！

第五十三章

村長李鐵山也是到這時才知道，原來他找人幫忙抬過來的那個蓋著紅綢的東西，竟然是一種農具。

他立刻坐不住了，忍不住催促起來。「哈哈，周老弟、有田呀，來來來，咱們還是趕緊先把這成親的好日子定下來吧，這可是正事！說完正事，再讓文兒哥給咱們講講那打稻機是幹啥用的唄！」

周秀才和楊有田自然都笑著點頭應下。楊有田看起來比村長還著急呢，這可是他未來女婿特意做出來送給他的。

可是商量起具體的日子來，兩家卻有了一些分歧。

周家找人看好的日子中，最近的日子是八月初八，距離現在只剩不到兩個月的時間，周家屬意的就是這個日子。

可楊有田和徐氏卻捨不得閨女這麼早嫁，他們的想法是起碼要再留小秀在家過一個年。家裡今年多養了一頭豬，還多養了那些雞，到了過年，肯定會留下不少肉，再加上那些蘑菇、各種乾菜，肯定會是自家這些年來最豐盛的一個新年。這可都是自家閨女的功勞，小秀這幾個月可是天天在忙活，總不能連一口肉都沒吃到就嫁了出去，去別人家過年了吧？

最後，還是梅氏拉著楊老太太和徐氏說了半天好話，又主動提出過年時讓小倆口去楊家住幾日，這才哄得楊有田兩口子退了一步，兩家折中，婚期定在了十月初六。

周文很不滿意地盯著梅氏看了又看，梅氏卻理也不理他。

今天提出的幾個日子，都是周秀才研究了很久才定下來的良辰吉日。至於自家臭小子選的那個日子，梅氏和周秀才壓根兒提都不好意思提。

楊家剛給了準話，應了這門親事，梅氏就開始覺得心累。

自家這個臭小子，先是不滿意聘禮，覺得太寒酸，接著又嫌這訂親儀式太過簡單，非要依照京裡的習俗走全六禮。她好不容易把人勸住，他又開始要求成親的日子越早越好，恨不得明天就把人娶回家。

梅氏被他氣得不行，恨不得抽他一頓，最後卻也只能罵兩句了事。

「這會兒你怎麼不按照京城的習俗走了？哼，依我看，就應該讓小秀和那些大家閨秀一樣，在家備嫁兩年再成親。

「你當娘是小氣的嗎？難道娘不想把你的婚禮辦得風風光光的？都是娘不好，自己眼瞎還連累了你，害得我兒子現在成親都只能偷偷摸摸的……」

梅氏說著，眼淚就掉了下來，周文只好摟著她，舉手投降了。

「好吧、好吧，都聽娘的。」

說定成親的日子，就沒什麼大事了。一堆人都跑去院子裡，看周文研究出來的打稻機。

「這個東西是從大淵傳過來的，我也是聽去過京城的同窗說過幾句，這才琢磨出來的，真正的成效還要等秋收用過了才能知道。這是給稻子脫粒用的，我來跟大家講一講這個怎麼用。」少年毫不在意地挽起袖子，跟一堆老農一起擺弄起了那打稻機。

李鐵山繞著那機器轉了又轉，一臉笑容。

「這個東西好，有了這個，那可就太省勁了。就是咱村裡水田少，種玉米的更多一些，要是這個也能給玉米脫粒就更好了。」

周文含笑點頭。「時間有點緊，我只來得及做出這個。等回頭我再研究研究，把給玉米脫粒的也試著做一下。」

楊有田立刻屁顛屁顛的湊了過去。「文哥兒啊，你啥時開始做？到時候我過去幫你吧？」

「那太好了，我正想找一個伯父這樣的種田好手幫忙提些意見呢。」

周文和眾人說著話，眼睛卻一直瞄著小秀那屋的方向。

這個沒良心的小姑娘，好多天沒見了，也不知道找機會出來見一見他？

李鐵山眼神一掃，就看出眼前少年的心不在焉。他一把拉過楊有田，研究起打稻機，讓他沒空再纏著周文說個不停。

此時，院子裡熱鬧極了，到處都是歡聲笑語，喜氣洋洋的。

為了招待客人，楊有田提前在院子裡搭了一個大灶，用來炒菜。這會兒，婦人們一邊高聲談笑，一邊在廚房和院子間穿梭忙碌。

孩子們則分成了兩批。

小的那批都跑去後院看山雞、野兔，大的這批正一臉好奇的圍著小虎練字的沙盤打轉。周小武見了，便當起臨時小老師，給他們比劃幾個簡單的字。

小秀正在堂屋，陪著楊老太太、隔壁的一個老太太還有梅氏說話，小虎就跑了進來。

小傢伙嘴甜的和長輩們打了招呼，就拉著小秀往外走。「姊，妳快來，二丫姊喊妳幫忙找東西呢。」

二丫早早就去廚房幫忙了，小秀聽了小傢伙的話，還以為廚房那邊真有什麼東西找不到，趕緊跟著小傢伙往外走。

「姊，是娘讓我來找妳的，娘讓妳去給周大哥送點水呢，周大哥在我和大哥的屋子裡休息。妳快去吧，我要去找狗蛋他們玩了。」

在十里屯這邊，訂親宴開席前，兩家都會找機會讓一對新人見個面、說說話。所以，徐氏看見楊順子把人領回自己屋裡招待，就趕緊讓小虎去叫小秀出來了。

小秀端著一壺茶水進了屋，楊順子便笑著起身，去院子裡招待客人了。

周文見小秀一直傻站在門邊，只好無奈起身，過來接走她手中的托盤。

「傻站著看什麼呢？過來陪我坐一會兒吧。」

小秀紅著臉跟在他身後，往桌子那邊走去。

周文看她小臉紅撲撲的，一臉緊張，不由暗笑在心，面上卻絲毫不顯，只是和小秀閒話家常，陪她聊些這些天發生的事，又叮囑她天熱，不要總是往山上跑，小秀這才慢慢放鬆下來。

哪知，周文卻突然握住了她的手。

「我很歡喜，妳呢？」

穿著一身桃紅色夏衫的小姑娘脂粉未施，只在頭上戴了二丫送給她的絹花，卻是人比花嬌，一雙會說話的大眼睛含羞帶怯，兩隻小耳朵在周文的凝視下越來越紅，簡直像要滴血一樣。

小姑娘強作鎮定地點了點頭，聲音又嬌又軟。「嗯，我也很歡喜。」

兩世為人，這種因為一個人，歡喜和柔情溢滿胸口的感覺，對小秀來說，既陌生又新奇。

周文凝視著她，眼中浮現出那一幕幕夢中的情景。

自從上次他去山上救人回來昏迷過一次，他就常常作一些奇怪的夢。

夢裡的世界，一切都是模糊的，唯有化成一道影子，時刻陪伴他的小姑娘是清晰的。

他們一起踏過萬水千山，無論美景還是險地，她都時刻陪伴著他，與他一起笑、一起痛。他們在峰頂看星星，在雪峰跋涉前行，在湖底暢游。

直到有一天，小姑娘被他送走了，從此，留下他一個人孤獨前行，品味著彷彿千萬年無止境的孤獨。

那樣的感覺，真的很可怕。

周文忍不住握緊那雙帶著薄繭的小手，半是委屈、半是抱怨的和小姑娘說話。

「我也很會過日子、很會賺錢。妳看，我會抄書，還會畫畫，還能寫書，還會發明農具哄岳父大人開心，畫花樣子哄岳母開心，還可以教大舅子做生意，教小舅子讀書，我很能幹的，我還特別疼媳婦，特別靠得住。

「至於婆媳關係嘛，這個我恐怕沒有用武之地了。娘一向最護短了，她既然接受妳做她的兒媳婦，那妳以後就是她的自己人了，以後她只會無條件的寵著妳、護著妳。

「所以啊，我家小秀以後想做什麼就做什麼，想笑就笑，想鬧就鬧，想折騰什麼新鮮玩意兒就去弄，別人問起來，就把事情推到我身上就是。想闖禍就闖禍，想要潑辣不講理也沒關係，只要別讓自己受委屈就行，一切有我呢。妳看，我這麼好，岳父、岳母還嫌棄我，喜歡別人呢，我太可憐了。妳會不會嫌棄我？」

小秀受到蠱惑般地拚命搖頭。他這麼好，怎麼會有人捨得嫌棄他呢？

「聘禮還有這訂親宴，讓妳受委屈了。等妳嫁過來，我一定好好補償妳。」

隨著少年的低語，帶著墨香的氣息靠得越來越近。

「周大哥，開席了，我爹喊你上桌呢。」小虎隔著窗子大喊了兩聲，也不管有沒有人應就又跑開了。

周文笑著搖了搖頭，無奈起身。

剛才是他孟浪了，都怪小姑娘看起來太甜美可口了。

周文起身要走，被那句「我家小秀」刺激到的小姑娘，突然伸手拉住他的袖子，格外認真地說了一句。「我不委屈，謝謝你。」

他為了和她在一起，已經做了這麼多，她又怎麼會委屈呢？她的心中只有歡喜。

小秀暈乎乎的在屋子裡坐了好久，直到外面的席都快散了，她才靈光一閃，想起自己之前誇讚張大壯的那些「會過日子，靠得住，能護住自己媳婦」的話。

真不知道這個人是怎麼知道自己說過那些話的，這是打翻醋罈子了吧？

這下子，小秀一點也不緊張了。

等到周家人告辭離開的時候，她不但大大方方的出來送人，還對著某人甜甜地笑了。

第五十四章

周文不由挑了挑眉。

小姑娘笑得這麼甜，是捨不得自己吧？

周文心中暗自高興，面上卻看不出端倪。等到出了院門，要正式告辭的時候，他才走到「眼巴巴一臉不捨」望著他的小姑娘身邊，安撫的對她笑了笑。

「我和李伯父約好了，這兩天就過來幫妳家把後山的四畝地量出來，正好，我託人弄的網子也快送來了，到時候，我來幫妳弄養山雞的地方。我還託人幫忙去找養山中野物這方面的書了，以後妳想養什麼，只管來找我，我來教妳。」

周文看著小姑娘一臉害羞的樣子，終於滿意了，這才正式跟楊家的長輩們告辭。

周小武跟在他哥哥身後，磨磨蹭蹭的有點不想走。他今天一下子認識了這麼多的小夥伴，正玩得高興呢。

梅氏嘆息著摸了摸小兒子的腦袋，她真是太久沒有看到這孩子徹底放下心事，玩得這麼開心了。她拍了拍小傢伙的肩膀，一起離開楊家。「小武，今天日子特殊，咱們不能在楊家待太久。你若是喜歡，以後做完功課，可以出來找他們一起玩。而且，以後咱們和你楊伯伯家就是正經親戚了，你想來小虎家，隨時都可以來，還可以帶著你哥一起來串門子呢。」

這裡民風開放，訂了親的男女相見，是很平常的一件事，沒有人會指指點點的。這也是訂親這件事上，唯一讓周大少爺滿意的地方了。

周文決定了，明天一早就去村長家等著，他要早點幫岳父家量好地方，他才能早點堂而皇之的上門幫忙。

周小武低著頭不說話，一直等回到周家，他才拉住梅氏的衣袖，小心翼翼的問道：「娘，我以後真的可以和村子裡那些小孩一起玩嗎？真的沒關係嗎？萬一哪天不小心，被他們發現我和別人不一樣的地方怎麼辦？消息傳出去，會連累哥哥洩漏行蹤吧？」

小傢伙說著，自己就先垂頭喪氣起來。「算了，娘，我還是不要和他們一起玩了，怪沒意思的，我自己去後山玩也挺好的。」

以前還沒認識楊有田一家人的時候，這後山就是周小武的樂園，他總是一個人偷偷躲在裡面玩耍。

「什麼那些小孩，說得好像你比人家大多少似的？以後你想幹什麼就幹什麼，萬事有哥哥在呢。」周文心情很好的將自家弟弟的頭髮揉成了雞窩，這才罷手。

「爹、娘，既然我要在這裡成親了，很多事就要重新打算了。明天還要麻煩爹娘去城裡一趟，那酒樓也該開張了，讓他們好好經營，改天我會親自過去一趟。還有，娘別忘了把我訂做的東西取回來。道長那裡，也要想辦法聯繫一下。先調幾隊人手過來，其他的事，等我成了親再說。」

他的眼中閃過一道冷光。

這些年，有些人恐怕早就不知道大有多高、地有多厚了，他也該讓他們清醒了。從前，是他想錯了，總想著能安穩一日是一日。現在，他不這麼想了，既然早晚要痛一次，那還不如早點解決。這大慶朝安逸得太久，已經被大淵、大楚落下太遠，他們沒有更多的時間可以耽擱了。

等到客人和來幫忙的人都走了，院子裡只剩下自家人，劉氏蹙著眉頭，拉著徐氏說起了閒話。

「嫂子，你們事先打聽清楚沒有？周家這孩子，看著是挺出眾，就是這身子骨也不知道是不是真的恢復了？別回頭又天天抱著一個藥罐子，那小秀可要遭罪了。」

徐氏不樂意的白了她一眼。「文哥兒現在身子骨好著呢，以後有了小秀和我們的照顧，只會更好的。」

這大喜的日子，劉氏這樣問，難免讓人心裡犯膈應，但其實這次她真的沒有別的意思，只是這段時間不知道怎麼了，劉氏說起話來總是有些不分場合，讓人感覺怪怪的。

劉氏看出徐氏不高興了，就有些訕訕的笑了笑，沒有再說什麼。「嫂子心裡有數就好，剩下的碗我就不幫嫂子洗了，我得去看著小平安。這孩子，每次寫起大字就沒完沒了，拉也拉不住，我怕他年紀小，再累著了。」

「要說也怪我家老三，沒事就誇自家兒子，天天說什麼小平安這孩子天賦高，是讀書的好料，將來肯定能當上舉人老爺。這一天天的，哄得孩子都魔怔了，睜開眼就要用功。妳說這孩子現在才多大，老三就著急起來了。我看小虎也識得幾個字了，二哥、二嫂就很沈得住氣嘛！」

劉氏說著，掩不住滿臉的驕傲。

徐氏只管低頭刷碗，壓根兒不想搭理她。這段日子，徐氏算是發現了，這個弟妹沒別的毛病，就是太要強了，什麼事都不能比別人家差才行。

自家賣野菜賺了錢，她就得賣包子。

她不過是去鎮上時，偶然提及自家小虎跟著周家兄弟讀書、識字的事，劉氏就立刻去買了筆墨紙硯回來，催著老三教小平安讀書。

楊老爺子和楊老太太聽了這話，都樂呵呵的。

「好好好，肯用功好啊！我們老楊家這是要興旺了，乖孫們都這麼爭氣，一個比一個有學問。好啊，太好了！」

老倆口也怕孩子們累著，趕緊喊他們過來吃點心。這點心是徐氏昨天特意去鎮上買回來的，就是為了今天招待客人用的。

小虎拉著小平安的手，一臉笑意跑了過來。「三嬸，弟弟好厲害啊，他年紀這麼小，已經識得這麼多字了，真厲害。」

小虎衝著劉氏就伸出了大拇指。這是他和姊姊學的新手勢，小傢伙這誇讚是真心的。

楊老太太瞟了餵小孫子吃點心的劉氏一眼，一臉笑地把小虎拉到自己懷裡。「我家小虎也很厲害，都能讀信了呢。要是將來你們都當上舉人老爺，我和你爺爺就是到了那地下呀，也能笑醒啦！」

晚上，小虎悄悄溜進小秀的屋子。

「姊，我想教狗蛋他們認字，可是光這樣教，他們都記不住。」小傢伙站在地上，笑嘻嘻的指了指她的枕頭下面。「姊，把妳的寶貝借我用一用唄！我學著畫一份，用完再還給妳。」

小秀一下坐了起來。「你怎麼知道的？」

小虎脫了鞋，跳上炕。「那天我來給妳送信時瞄到了兩眼，我覺得這個方法太好了，後來我識字時，腦子裡就想著這個字代表的東西，這樣記起來特別快。姊，那天妳幫娘記單子的時候，我可都看到了，那些蛋啊、肉啊的，妳都會寫了。這都是妳這寶貝的功勞吧？姊，妳就借給我用一用唄？我保證不會弄壞。」

小秀扭頭，偷偷的抿嘴笑。窗外的月光此時都彷彿格外溫柔，好像那個人眼裡的光。她好像能看到，那個月光下低頭為自己寫、畫的少年。

她突然問就很想見見那個人。

「我現在要去問問他，如果他同意了，姊就借給你。」

小秀伸手挽起長髮，穿上衣裳和鞋襪，捧著那本畫冊，匆忙跳下了炕。

小虎嚇了一大跳，趕緊喊道：「姊姊姊，妳別激動，我不急的，妳明天再去問就行啊！姊，妳先回來呀，我陪妳去！」

小秀抱著畫冊，早已經跑了出去。

小虎像小大人一樣嘆息著搖了搖頭，也無奈的穿上鞋，追了出去。

小傢伙一邊飛快的跑著，一邊感慨。「唉，姑娘家可真麻煩。」

農家人習慣了日出而作、日落而息，此時雖是盛夏，村民們會在院子裡乘涼，閒聊一會兒家常，依然早早地歇了。

此時，村裡安靜極了，只有小秀姊弟跑過的地方，偶爾響起幾聲狗吠。

小秀衝動的跑到周家大門外，對著緊緊關著的大門，發起了愁。

她只是突然想見一見他，卻忘了這時候周家人早該休息了。

她該怎麼辦呢？總不能站在這裡大聲喊，讓周文趕緊出來見她吧？

小姑娘犯了難，先是習慣性的想退縮，往回跑了幾步，又不甘心的跑了回來。不管了，她現在就是想見到他，自己的未婚夫，不是應該想見就見嗎？

小秀徘徊了半天，還真被她想到了一個辦法。

周家後院院牆那裡有一棵大樹，她可以爬到樹上，然後再從那裡跳牆進去。

此時，小虎終於趕了上來。

「姊，妳跑那麼快幹什麼？妳怎麼不喊人來開門呀？妳在這裡等著，我去替妳叫門。」

小秀一把扯住了小傢伙。

「不行，我是偷偷跑過來的，萬一你一喊，把村裡的人喊醒了怎麼辦？我們從後院爬樹跳牆進去吧？」

小秀說完，也不等他回應，直奔周家後院而去。

第五十五章

小秀向周家後院方向跑去，小虎在她後面追，那棵即將被小秀當成過牆梯的大樹上，有人皺著眉頭學起鳥叫，正聚在一起議事的周家人瞬間警戒起來。

這你來我往的鳥叫聲，並沒有驚到楊家姊弟。這山林田野間有鳥兒的叫聲，不是再正常不過了嗎？

小虎攔著準備爬樹的小秀，試圖做最後的努力。

「姊，這樹高著呢，我和小武哥哥的身手勉強還能應付，妳一個沒爬過樹的姑娘家肯定不行，萬一摔下來可怎麼辦？姊，我不出聲，我使勁拍門還不行嗎？這裡離旁邊的人家好遠呢，沒人能聽到。要不，我在這後院喊兩聲也行？」

姊弟兩人說話時，幾個黑影一閃而過，向後面的山林隱去。小虎若有所覺，突然警覺的朝四周看去。

「姊，好像有人……要不，咱還是先回去吧，明天再來找周大哥？」

小傢伙這次是又急又怕，都要哭了。小秀看到他這副樣子，也有些猶豫起來。

要不然……就先回去？

正在這時，門內突然傳來大黑歡快的叫聲，小虎靈機一動。

「大黑，是我，我是小虎呀！你去前院幫我們找人過來開門好不好？明天我和小武哥哥下課了，帶你去山上玩。」

大黑好像回應一般，又歡快的叫了兩聲，接著就沒有了動靜。

這時，周家人已經知道了暗號的內容。周秀才忍俊不禁，梅氏則拿著一柄團扇遮著臉，肩膀卻一聳一聳的，明顯是在偷笑。

周小武則一邊笑，一邊往後縮了縮身子。大哥要找人算帳，也去找小秀姊啊，可別找他，他就是如實翻譯了下而已。

周文板著一張臉。這個小姑娘真是太沈不住氣了，自己走的時候不是已經安撫過她了嗎？還好現在已經訂親了，要不然這大晚上的跑來找他，被人看到了怎麼辦？膽子越來越大了，竟然還敢把自己置於危險之地，這個毛病可不能慣著，等等見到小姑娘，他得好好教訓她一下。

「太胡鬧了，我出去一下，這姑娘我得好好說說她。」周大少爺飛快的理了理頭髮，又仔細理了一下衣裳和袖襬，這才頭也不回的出了門。

梅氏衝著周小武打了個眼色，周小武搖了搖小腦袋。

他才冒著危險招惹過大哥，這次他可不敢去偷聽了。雖然他也很想知道大哥到底會不會罵小秀姊，但他可沒那個本事跟蹤不被發現。

梅氏笑嘆一聲，拿扇子點了點周小武。「傻兒子，那個孩子肯定說的是小虎，他肯定是來找你的，你還不趕緊跟著你哥一起出去，把人先領進來再說？」

「對哦，我怎麼把小虎給忘記了？娘，我這就出去。」周小武找到光明正大的理由，便追了出去。

梅氏看了，忍不住搖頭。「這孩子真是……他這麼衝出去，還能看到什麼熱鬧啊？不行，我不放心，我得跟著去看看，要是文哥兒真的犯糊塗，把人家小姑娘罵哭了可怎麼辦？我等了這麼多年，好不容易才要有兒媳婦了。」

周秀才附和的點了點頭，用寵溺的眼神看著梅氏。「娘子說得對，為夫功夫不行，就不跟著一起去了。辛苦娘子了，娘子真是為孩子們操碎了心。」

那語氣，溫柔的跟哄小孩子沒有兩樣。

梅氏的臉慢慢紅了，她只覺得那顆死寂多年的心剛才好像跳了兩下，她像被驚嚇到的兔子一般，飛快逃了出去。

周秀才笑望著她的背影，無奈的搖了搖頭。那笑容裡，卻全是深深的苦澀。

「誰在外面？」

小虎一把扯住小秀的手，越發害怕起來。不知道為什麼，他總覺得背後有好多雙眼睛在盯著他們。

「姊，好像有人說話？會不會有妖怪？」

院子裡，周文忍不住笑了一聲。「是小虎嗎？」

小虎這次聽清楚是周文的聲音，高興的跳了起來，伸長小脖子衝院子裡喊起來。「周大哥，是你嗎？是我，我是小虎！周大哥，你快來幫我們開門啊！」

門剛剛打開，小虎就拉著小秀的手，飛快竄了進去。

「周大哥，快關門、快關門，好可怕，太可怕了，我再也不要晚上出門了。」

周文只是伸手摸了摸他的小腦袋，卻沒有說話，只用那雙眼睛盯著低著頭不敢看他的小姑娘。

小秀聽到周文聲音的那一剎那，突然緊張得不行，她的勇氣好像都在剛剛跑來的路上用光了。這一刻，她心裡只剩下慌張，莫名覺得自己好像要挨罵了。她此時無比慶幸，幸好還有小虎在這裡。

大黑從周文身後竄了出來，在小虎腳邊親熱的蹭來蹭去。

「大黑，你真是太棒了，謝謝你啊，明天下晌咱們就去山上，玩到傍晚再回來。」

大黑歡快的哼了兩聲。

「周大哥，明天咱們還去山上玩，去湖邊烤魚吃唄？」

周文頭一次覺得，自己這個聰慧的小舅子話有點多。

不過，面前的小姑娘聽了這話，終於抬起頭來，還用她那雙會說話的大眼睛期盼地看著他，一副很心動的模樣。

小姑娘這是想讓他陪著出去玩了？可他是出來教訓人的，怎麼能隨便答應她呢？

「不行，妳和小武明天也老實的在家待著。」

小姑娘咬著嘴唇，失望的耷拉下小腦袋。小虎蔫蔫的應了一聲，連大黑都不撒嬌賣萌了。

周文看著小姑娘的頭頂，最後還是心軟了。算了，一碼歸一碼，該教訓的時候一定要教訓，該寵的時候也得寵著。

「再等兩天吧，明天我爹娘要去縣城一趟，等他們回來，咱們兩家一起上山玩一天。」

小姑娘果然開心了，大眼睛裡滿是笑意。

「真的嗎？那我明天早上就和爹娘說這件事，讓他們把時間也空下來。到時候咱們帶著炊具上山，我們採點蘑菇，我在湖邊給你熬魚湯喝。」

周文愛喝魚湯這件事，小姑娘早就銘記在心了。此時，她腦子裡已經在想山上有什麼東西能去魚腥味了。

小姑娘這麼好哄，周大少爺又莫名不開心了。這麼容易滿足，以後要是被人騙走了可怎麼辦？

「妳準備怎麼和伯父、伯母說這件事？就說妳想上山去玩，所以就大半夜跑來找我商量，然後我們才定下來的？」

過了好半天，小秀才反應過來這話的意思，那張櫻桃小口張了又張，一臉害羞，聲音也低得不能再低。「我是因為，我是……反正這麼說不行，我就說今天去給你送茶時定下來的。」

被兩人徹底忽略的小虎突然站了起來，擺著小手往前院走去。「我剛才走累了，去前院找地方坐一會兒。」

大黑左看看、右看看，最後明智的選擇跟著小虎去前院。

周文頭疼地撫了撫眉心，然後看了看某處。「周小武，你還不出來招待小虎？等我去請你？」

周小武一臉笑的鑽了出來。「哥，我這不就是來接小虎的嗎？我是看你們一直在說話，就沒好意思打擾。」

二娃一狗晃去前院了，小秀左右看了看，然後有些討好的扯了扯周文的袖子。

周文卻一臉正經的將袖子拉回去，又看向另一邊。

這時傳來些動靜，小秀迅速躲到周文身後，只探出小腦袋隨著他一起看過去。

只見梅氏搖著扇子，從柴堆後面走了出來，頭也不回的向前院走去，一邊走還一邊嘀咕著天氣太熱，還是柴房這邊涼快。

小秀忍不住笑出了聲。

等所有人都散了，周文卻僵著不動了。這個小姑娘，怎麼一點自覺也沒有，沒事離他這麼近幹麼？他只覺得背後一片熱，燙得他心都熱了。

「還有人嗎？」小姑娘一點也沒感覺到氣氛的變化，正探出小腦袋四處張望，就被人一把拉到前面，摟進懷裡。

一聲驚呼還沒來得及出口，就被人以吻封住。

一吻終了，小姑娘整個人都暈乎乎的，偏偏某人還不放過她，一邊用手指輕撫她的唇，一邊用眼神蠱惑她。「怎麼這麼晚了還跑過來？是想我了嗎？這麼著急見我？連明天都等不了了？」

暈乎乎的小姑娘很誠實的連連點頭。「突然很想見你，就跑出來了。」

「好姑娘，真乖。」

周文笑望著小姑娘，又低下了頭。小秀反射性的閉上眼睛，不敢看那雙能蠱惑人心的鳳眼。

兩人在月光下依偎許久，小秀才想起她的寶貝畫冊和她的「正事」。還好，畫冊只是掉在地上，並沒有弄壞。

小姑娘抱著畫冊，一本正經地坐直身子，表示她要說正事了。「其實這趟也是有正事要說，才急著來找你的。」

第五十六章

周文忍不住逗她。「什麼正事這麼要緊？莫非是幾時把我們的婚期提前？若是小秀姑娘著急，我倒是可以去和岳父、岳母懇請一二。」

小秀驚呆了，這還是她認識的那個人嗎？

周文看著小姑娘目瞪口呆的樣子，忍不住歡暢的哈哈大笑。

小秀看著看著，也笑了。

「是關於養家餬口的大事。周大哥要聽嗎？你要是不感興趣，我就回家去了。」

周文收起笑意，一本正經的點了點頭。

「那還真是正事，還是大事，我自然是要聽的。這娶媳婦、寵媳婦、養娃兒，可是要花許多銀子的。」

他目光掃過小秀緊緊抱在懷裡的畫冊，心中便有了數。小秀紅著臉嗔怪的瞪了他一眼，終於有機會進入正題了。

「剛才小虎來找我借畫冊，他想教村子裡的孩子們認一些常見的字，想拿這本畫冊照著畫一本。小虎說，他那天瞄到這冊子，也用了這個法子，最近記字特別快，所以我有了個大膽的想法。周大哥，我們賣畫冊吧？

「我們專門做一些教孩子認字的畫冊，把常用的字分類，畫成不同的冊子，然後再雇人抄，到時候一傳十、十傳百，畫冊慢慢流傳開來，就會有越來越多的人識字了。

「不只是小孩子，像我們這樣的老百姓也可以照著圖片認字。慢慢的，識字的人多了，一個教一個，有學問的人越來越多，大家就能學到更多的東西，製造出更好的工具。田越種越好，糧食收得越來越多，老百姓的日子也會過得越來越好。我們雖然只是一開始賺到了一點小錢，卻也算做了一件大好事。周大哥，你說對不對？」

小秀想起那個人人都能讀書的異世，有些嚮往，這才有了這個想法。她知道自己說得有些亂七八糟，也不知道周大哥聽懂了沒？

「周大哥，你在聽嗎？我這個念頭可能有點傻……」

周文盯著她看了半天，突然冷著臉轉過頭，一言不發。

小秀不明所以，還以為他不喜自己總想著做生意賺錢的事，又怕他誤會自己不珍惜他送的這番心意，便心急的要解釋，周文卻又突然伸出手，將她抱在懷裡。

「好姑娘，先別說話，陪我再坐一會兒。」

周文仰望著夜空，內心的觸動無人能知。他無論如何也想不到，有一天，竟然會在這樣一個窮鄉僻壤，聽到一個小姑娘說出他們曾經的夢想。

十四歲那年，他曾跟隨太孫殿下一起出使大淵。在那裡，他們見識到何謂真正的強大，何謂真正的國富民強、繁榮安定，也見識到很多大慶朝沒有的東西——先進的農業和水利、發達的工業、普及的教育，還有翻倍的軍力。

那時候他們才驚覺，自從大淵有了那位傳奇一生的殷皇后，不過兩百年時間，大淵的國力已經強大至此。而他們的國家，卻還忙著父孫相疑、君臣內鬥。

那一次，他們費盡無數心血，躲過重重堵截，帶回很多珍貴的書籍分發給六部。一路上，他們還在計劃著，接下來應該怎麼促進大慶朝與大淵的交流？怎麼學習對方那些先進的事物？怎麼想方設法拐一些各行各業的能人回來？

那時候，他們意氣風發，一心想要大展宏圖，帶領大慶朝走向繁榮盛世。

可是，等待他們的是什麼？是來自龍椅上那位的猜疑、斥責，以及對太孫殿下的打壓，還有父親對他替周家招來猜疑的不滿。

沒多久，太孫殿下就被藉故奪了差使，而他也一朝不慎中了暗算，成了一個廢人。他那位本應為梟雄傲視天下的父親，卻只會讓他妥協。

他記得，當年他們帶回來的書籍中，就有關於印刷術的。可是這幾年，無論官方還是民間似乎都沒有推行，那就從這件事開始吧！

「這件事就交給我吧，不用找人幫忙，我有辦法，不過要等一些日子。」

送姊弟兩人回去時，周文的袖子總是「無意」的送到小秀面前，可是小姑娘光顧著看腳下的路，絲毫沒有察覺。最後，某位大少爺只好採取了主動。

「天黑小心跌倒，妳還是拉著我的袖子走吧。」

到了楊家，周家兄弟並沒有進去就告辭了。

小秀回了屋，羞紅著臉在炕上滾了許久，才在月色中沈入夢鄉。這一夜，在許多地方，卻有許多人注定一夜無眠。

楊小雪一入縣城，就去縣衙求見那位縣令千金。那位夏大小姐還以為她又有了什麼新發明，熱情地讓人將她領進去。

楊小雪說明了來意，夏大小姐原本並不在意，可當她看到那幅周文的畫像時，她的手都激動地顫抖起來。

楊小雪心中一喜，知道自己這一趟必有所獲。

她故意表現的十分淡定，只等著對方來追問詳情。可出乎她意料之外的是，夏大小姐什麼也沒有問，就帶著她匆匆坐上馬車，直奔青州府城而去。

到了府城，她們住進一座別院中，楊小雪才發現自己已經被控制住了，連踏出屋子去院子裡轉一轉都不被允許，她的心中這才開始恐慌起來。

這一夜，她見到了一個黑衣人，被盤問許多與周家有關的事，才暫時被放過。楊小雪此刻終於意識到，事情可能與她想像的完全不同。她又驚又怕，對著房門枯坐一夜，惶然不知所措。

第二天，她被送上了回家的馬車。

而這時，很不巧地和楊小雪錯過的楊老大帶著兒子，已經像無頭蒼蠅一樣在縣城轉了五、六天，從家裡帶來的銀子已經花得差不多了，可他們還沒有打聽到楊小雪的消息，更不知道自己早就被人盯上了。

第五十七章

這些天，一直偷偷跟在楊老大父子後面的人就是劉水生。

那日他被徐氏一頓打，心中十分不甘，連家都沒回，身上的傷也沒管，就直接去楊家老宅附近躲了起來，繼續盯著楊小雪的動靜。

他親眼看見楊小雪揹著一個包袱離開老宅，往鎮上走去。劉水生本想在半路上對楊小雪做些什麼，好把他們的關係坐實。結果也不知道那一天是什麼日子，路上行人不斷，他竟然一直沒有找到機會。

楊小雪到了鎮上，片刻不耽擱的去了車馬行，租了馬車直奔縣城。劉水生想到前些日子楊小雪賺到銀子的事，也立刻租馬車前往縣城，他要去看看楊小雪這次找到的又是什麼樣的賺錢門路？

從前，他跟著他爹多次去縣城進貨，知道不少近路，便指揮車夫一路穿行，早早到了城門那裡守著，終於等來了楊小雪，並親眼看著她一路暢行無阻的進了縣衙後院，又看著她跟在縣令千金的身後，被一群丫鬟、婆子簇擁著上了馬車，出城去了。

這次，他沒敢再跟著，他怕那些跟車的家丁侍衛發現他。

不過，劉水生這個人一向有些小聰明。他又返回，花了些銀錢買了些食物，找機會和縣令家的一個老門房套近乎，知道楊小雪和縣令千金一起去府城拜訪朋友的消息。

劉水生親眼見到楊小雪攀上這麼厲害的貴人，心中暗自慶幸自己先前的想法沒有得逞，要不然依那死丫頭的性子，恐怕說什麼都不會幫他家牽線搭橋了。

他開始琢磨新的法子，想著要怎樣才能緩和他跟楊小雪間的關係，再想辦法攻克楊家人，讓他們答應這門親事。

到時候，他藉著她的關係攀上貴人，有了靠山，想做些什麼買賣不成？要知道，在這樣偏遠的地方，一個小小的縣太爺就是這裡的土皇帝。更何況，據說這位之所以到這裡來當縣太爺，不過是為了混一個功績，將來回京城升官能名正言順一些。

還有那個府城中的「朋友」，肯定也不是什麼小人物。

劉水生越想越激動，乾脆守在縣城不走了。他要留在這裡等楊小雪回來，再在回程時尋找機會接近她。

就在這時，他無意間發現楊老大父子，便靈機一動，改為盯牢他們。盯著盯著，他心裡已經有了主意。

周文與小秀相見的當夜，他回到家沒多久，就有人帶著他的親筆信，分別奔向京城和邊關大營的方向。

不管這兩封信將帶來什麼樣的變動，此時的十里屯，仍然一片安寧詳和。

周文吃過早飯，果然早早便去李鐵山家守著，就坐在那裡等他帶人過去楊家後山量地。

「我說文哥兒啊，你急啥呀？你岳父都不著急呢，那地契我都給了，難道還會賴帳不成？我說你小子好歹也是一個秀才老爺，咱也得端著點架子，這討好岳父討好得這麼明顯，嘖嘖，簡直是……」

「伯父說錯了，我討好的明明是我未來的娘子。」

李鐵山老娘本就稀罕周文稀罕得不行，此時見了他這副模樣，更是連稱楊家找了一個好女婿，還笑嘆自己怎麼就沒有年齡相當的孫女？要不然，這麼好的後生，說什麼也不能便宜了老楊家。

楊有田一大早就和楊老爺子一起去了田裡。爺倆正商量著過兩天收玉米的事，楊順子就過來喊人了，說周文陪著村長到自家後山量地了，讓他爹趕緊回去。

楊家這爺仨便急匆匆往回趕。

量好了地，送走李鐵山一行人，周文便順理成章地留在楊家，說是想幫忙參謀參謀那四畝山地怎麼用？楊家人自然再歡迎不過，連小秀也覺得有了主心骨。

一通討論後，每個人都多出不少活計。昨夜定好的兩家人一起上山遊玩的計劃，不得不延後一些時日了。

由於天氣越來越熱，楊有田兩口子便將去鎮上的時間提前一些。

他們每隔幾天便要起一次大早，從園子裡摘些新鮮的菜去鎮上賣，有時候賣完菜還要去劉氏那裡，把她要的那份菜送過去。

其實劉氏的包子賣沒多久就沒賣了，一是楊老三比前世更早當上了帳房先生，家裡的收入大漲。二是她現在滿門心思都在盯著小平安讀書、寫字。三是天氣太熱了，她又要照顧一日三餐，就不再往外跑了。

可她並沒有和徐氏說過這件事，所以楊有田兩口子依舊照常給她送菜。多出來吃不完的青菜，她一開始是送給鄰居們，後來見徐氏賣菜也能賺錢，她便也抽空在巷子口賤賣一會兒。

剛開始，楊老三並沒有發現什麼不對勁的地方，還以為二哥、二嫂就是為了幫自家省點菜，這才順道給自家送菜來的。

直到有一回，徐氏送菜時說明年不借種他家的菜園了，今年種的已經全都按照劉氏的要求送過來了，楊老三才知道這事的前因後果。

他當時就怒火攻心，強忍著才沒有當場發作。等楊有田他們急匆匆的走了，他才對劉氏大發雷霆。

第五十八章

接下來的日子，楊家人又開始忙得團團轉。

楊家父子忙著圍柵欄、圈地、蓋雞舍、挖蚯蚓池子、曬蚯蚓乾，田裡也要時不時照看一下，隔幾天還要摘些菜去鎮上賣。

小秀和徐氏也沒有閒著，兩人要去周家，還要忙家裡的活計，徐氏還時不時約村裡的婦人一起去山上採蘑菇、秋野菜和野果子。回來後，娘倆還要將野菜、蘑菇曬成菜乾。那野果子除了自家吃的，賣相好的就留下來，準備給小秀試做果乾。

周文去請示了兩家長輩，約好一起上山郊遊的日子，又主動提出要幫小秀一起試做果乾。

楊老三趁著這個月休沐，帶劉氏和兩個孩子提著不少東西回村了。他們先去老宅看望楊老爺子和楊老太太，接著才提著一塊肉和兩包點心來到楊有田家。

楊老三這次回村，主要就是為了劉氏先前做的糊塗事，過來向二哥一家表示道歉和感謝。

楊老三弄得這麼鄭重，楊有田和徐氏反而不自在起來。他們連連表示不在意，還說什麼都不肯收下那肉和點心。

「老三啊，咱們可是親兄弟，我和你嫂子不過是給你們送了幾回菜，你就弄出這些來，這不是讓人彆扭嗎？有那錢，你還不如留給兩個孩子買點肉吃呢！」

楊老三見狀，趕緊說了他升任帳房漲了工錢的事。楊有田聽了，真心為自家兄弟高興，連忙讓徐氏準備酒菜。

這可是一件大好事，他們哥倆得好好慶祝一番。

劉氏起身攔住徐氏，這才開口說話。

「嫂子不必忙了，大嫂那邊已經準備飯菜了，大嫂還讓我喊你們一家過去吃飯呢，咱們還是坐下說一會兒話吧，等等一起過去。」

徐氏猶豫了一下就坐下了。她左右看了看，最後還是忍不住拉著劉氏，和他們兩口子嘮叨起來。

「老三、弟妹啊，這工錢漲了是大好事，但這過日子還是得節省。你們別怪嫂子多嘴，嫂子知道你們買這些東西是你們的一片心意，可這點心實在貴得嚇人，嫂子不能收。」

劉氏沈默了半天，抿嘴笑了。她覺得自己先前把人心想得太複雜了，她心裡那一點因為被強押著來道歉的悶氣終於消散。

吃飯時，楊老大特意派兒子過來請楊有田一家，楊有田和徐氏就帶著兩個兒子過去了，小秀則去周家準備午飯。她是藉口自己有點事想讓周文幫忙查書，這才搶到這差事的。

離開楊有田家去老宅前，哥倆爭執了半天，最後楊有田還是什麼都沒留下，東西都讓楊老三家帶回去了。

小秀謊稱自己在家吃過了，做完了飯，就一個人躲在周家的廚房裡發呆。

她聽到自家三叔說他當上茶樓帳房先生後，不禁有些心慌。這應該是年底才會發生的事，現在卻提前發生了。況且好多事也和從前不一樣了，比如楊小雪落水，不但提前，結局也和從前不一樣，前世這個時候，劉、楊兩家早就開始議親了。

還有周文突然康復的事，前世她似乎並沒有聽說過，那麼這件事到底是發生了變故，還是時間上發生改變呢？

小秀心裡亂糟糟的，拚命回憶前世這兩年都發生了什麼事？正想得出神，頭頂就被一道陰影籠罩住。

周文盯著小姑娘看了半天，然後嘆了一口氣，拉過一旁的小椅子在她身邊坐了下來，陪小秀東聊西聊起來。不過三言兩語，他就將楊家人的去向弄了一個明白。

「我今天胃口不好，想吃碗麵，妳幫我煮一碗熱湯麵吧，再加一個雞蛋。」

小秀立刻被轉移了注意力，起身煮麵去了。周文也不離開，就坐在門口一臉笑意地看著她忙碌的樣子。換作三年前，誰又能想到，有一天他會為這樣安逸的生活而愉悅，哪怕這安逸也只是暫時的。

最後那碗麵煮好，卻被一分為二，其中一半連同那個荷包蛋都一起進了小秀的肚子。

小姑娘的心情明顯好轉了許多，收拾完廚房，這次換她主動搬了一張小板凳，湊到周文身邊。

「周大哥，你知道嗎？我們村裡已經好幾年沒有人進過那深山了，他們都說那深山裡猛獸特別多，幾年前進去的村民都是帶傷出來的。你說，那深山裡傷人的真是猛獸嗎？這外山寶貝都這麼多，那深山裡說不定有更多寶貝呢！你說，會不會有人就生活在那大山裡呢？」

小姑娘盯著那山，明明眼中都是憂慮，面上卻裝出一副平靜的樣子。

「我上次去鎮上，聽到那說書人講了山匪的故事，回來再看這山就特別害怕。這深山那麼神秘，要是有山匪偷偷住在裡面，我們肯定也不會發現。要是有一天他們突然衝出來，趁著天黑出來殺人、放火、搶糧食，可怎麼辦啊？」

小姑娘一臉害怕的樣子，睫毛卻不安地眨個不停，小腦袋也低了下去，不敢抬頭看他。

周文知道小姑娘身上有秘密，卻不曾追問那秘密是什麼。過去他不曾追問，日後也不會問，不過此時他倒是多了幾分好奇。

這山裡可不就生活著一群剽悍異常的「山匪」嗎？

前陣子，那個祈浩帶人進山搜捕，終於找到那群異族人的聚居地，卻反被人家追殺的狼狽不堪，還受了傷，要不是他的人相救，那小子怕就折在這盤龍山了。

祈浩被他的人救出來後，這才不甘心地傳訊回去請求支援。據他說，那些異族人已經被趕來的軍士圍剿，殘黨也被人帶走了。

只是小姑娘是怎麼想到「山匪」上面去的？又在憂慮什麼？難道小姑娘還有預知能力？

「反正進山還有幾天，我們不如早點把那果乾做出來吧！」

自從知道小姑娘想做果乾這門小生意，某人就開始查書籍了，還特意讓幾個屬下幫他找了幾家老店的秘方送來。如今，正好拿來哄小姑娘開心。

小秀果然很激動，立刻和周文約定第二天一大早就去她家試做。

「還是來我家做吧。妳家離左鄰右舍近，這東西還沒做出來，事情就已經傳得沸沸揚揚了。」

小秀想想也覺得有道理，便不客氣的點頭應下了。

「製作果乾的步驟我已經查過了，不過最關鍵的還是要靠我們一次次的試驗才行。」

第二天，兩人就拉著兩個小傢伙一起忙了起來。偶爾忙碌間抬頭相視一笑，心中就甜滋滋的。

做果乾其實並不難，難的是酸甜恰好、軟硬適中。

選果子是最容易的。小秀家的果子都是從山上摘的，有野杏、野桃、野柿子和野李子，為了找好果子做果乾，這陣子兩家人可沒少吃野果子。

現在，楊家人可是對這外山的情況瞭如指掌，連明年開春要移栽哪裡的果樹都定好了。

周文被分派到的就是這最輕鬆的活計。

第五十九章

最輕鬆的活計被分配給了周文，而清洗果子和去除果皮這樣的「體力活」，則分配給了兩個小傢伙。小虎一邊直呼「姊姊偏心」，一邊和他的小武哥哥幹得不亦樂乎。隨著功課量的增加，對於現在的他們來說，除了讀書以外的所有活計，其實都是玩遊戲。

選果子、清洗、去皮，接著就是最重要的——糖漬、滲糖、瀝乾、烘乾。糖漬、滲糖講究的是糖放的多少、浸漬的時間，還有煮的時長，這些工序都是要試驗的。最後還要把果子上面的糖液瀝乾，之後的烘乾和火候更是至關重要。

雖然小秀在異世聽小說時聽過這些步驟，但這些關鍵的地方卻是各有不同，她還是要自己親自嘗試後，才能做出想要的味道。

某個看過別人家祖傳方子，卻不想被人知道的「百事通」周師父，假借博覽群書的名頭，憑藉曾經在「書本」上看到的內容，再運用他的聰明才智進行創新，幾次在大方向上給小秀提供準確的意見，成功地再次獲得眾人的信任和崇拜。

有了這位「高人」指導，少走不少彎路，可就算這樣，那柴火和白糖也沒少浪費。柴火倒是無所謂，用完了上山再拾就是，只是白糖可是名貴東西，小秀還在周文的建議下，想在做果乾時添加一點蜂蜜，這蜂蜜可就更是稀罕東西了。

他們可沒錢去買蜂蜜，楊順子為了妹妹，只好挺身上山去找野蜂蜜。他在小盤龍山轉了幾天，還真的找到一個大蜂巢。兩個小的興致勃勃的跟著去幫忙，大黑也去湊熱鬧，三人用舊衣裳把頭、臉都包好，拿著竹竿、帶著大狗，雄赳赳氣昂昂的衝上了山，最後驚險萬分且十分狼狽地竄了回來。那蜂巢裡面的蜂蜜弄出來，足有七、八斤。

一回到周家的院子，小虎就躺在地上，一邊喘氣，一邊很是鄭重的叮囑小秀。「姊，我跟妳說，這蜂蜜妳可省著點用，來之不易呀！我們可是連三十六計都用上了。我們哥仨最近可是都不敢再上山了，那蜜蜂太嚇人了，感覺要是上山了，一準會被它們認出來，到時候就慘了，被螫一身包都是輕的。」

徐氏原本看著那裝白糖的罈子越來越空就心疼得不行，聽完小兒子這話，更是著急起來，好幾次都想主動請纓去幫忙。她覺得自己好歹做了這些年的飯，肯定比這些孩子更會掌握火候和時間，梅氏卻把她攔住了。

梅氏自然是看自家兒子難得一副興致勃勃的樣子，想讓他再樂呵幾天，但這個理由可不能說出來。

「嫂子，孩子們既然有這個心，妳就讓他們去折騰吧！他們腦子活、點子多，說不定哪天就折騰成了呢！咱們年紀大了就躲個清閒吧，反正以後這家早晚得讓他們來當。我可是早就想好了，要是你們願意，等小秀進了門，我立刻就讓她來當家。我呀，就厚著臉皮躲躲清閒。妳是知道我的，最不耐煩這些事了。

「再說了，妳這幾天忙得不行，咱們兩個都多久沒坐下來好好說話了。我這幾天看著順子忙碌，發現這孩子真不錯，踏實能幹，還知道疼愛弟弟、妹妹。嫂子，如今小秀和我家文哥兒定了親事，這順子的婚事也得開始張羅起來了吧？這娶兒媳婦可是一件大事，妳可得好好打算打算。」

兒女的親事可是所有當娘的女人永遠都聊不夠的話題，徐氏徹底被轉移了注意力，拉著梅氏就倒起了苦水。

「大妹子，妳說得太對了，我們可不是有這個打算嗎？咱們兩家的親事定下來後，我和孩兒他爹就打算給順子相看姑娘了。這幾個月孩子們爭氣，家裡難得存了一些銀子，再加上你們給的聘禮，足夠給順子娶一個條件不錯的姑娘當媳婦了。從前順子他爺爺總是說，我家順子老實聽話又孝順，哪裡都好，就是遇事沒自己的主意，我們就想著給他找一個厲害、能張羅事的媳婦，娶回來兩口子也能興家過日子。

「可誰想我兒子不願意，他說不想找什麼厲害姑娘，將來就算要找，他也要找一個老實本分、說話細聲細氣的姑娘，也不用多能幹，家裡的活計能應付得了就行。大妹子妳聽聽，妳說這孩子愁人不？其實我也沒想找多能耐、多厲害的姑娘，真有那樣的姑娘，怕是人家也看不上咱家這條件呢。咱們啊，就找一戶門當戶對、不嫌棄咱的就行，可我自己的事自己知道，等小秀出嫁了，這家裡總得有一個遇事能拍板的人吧？這還不是最愁人的，最愁人的是順子說什麼也不肯現在就相看姑娘，非說要等家裡的條件好一些再考慮這事……」

梅氏含笑聽著她的煩惱，還真的認真地想了想這件事。畢竟是文哥兒未來的大舅子，這親事多少和自家也是有關係的。

楊家這三個孩子，小虎是一個聰明機靈的，日後肯定是要往讀書、做官這方面培養的。至於小秀，梅氏覺得有她自己教導著，也差不到哪裡去。

倒是這個楊順子，資質的確有些太普通，到時候乾脆給他一些銀兩，讓他做一個安分守己的小地主，守著他的爹娘好好過日子。這麼一想，他這媳婦還真不能找那種太厲害、能幹的，要是找一個厲害媳婦，又是一個貪心的，恐怕這個楊順子管不住，自己這個親家母更是指望不上了。

想到這，梅氏就笑著安慰徐氏。「這件事，我覺得妳和大哥還是聽孩子的吧，畢竟將來要過一輩子的是他們。順子喜歡什麼樣的姑娘，妳就按照那樣的給他打聽打聽，萬一真有那樣的姑娘，說不定他就肯相看了呢。姑娘家老實、安靜一點也沒什麼，娶進門來又不是為了讓她出去拋頭露面、賺錢養家的。等忙過了這陣子，妳就先悄悄打聽著，等有點眉目了，妳再好好問問順子，看他為何不肯現在相看？哪個小夥子不想早點娶媳婦啊？孩子既然這麼說，那肯定是有原因的。先弄清楚原因，你們才能知道怎麼說服他，對不對？」

聽梅氏這樣一說，徐氏就不愁了，她每天笑咪咪地盯著自家兒子，心裡偷偷琢磨開了。

第六十章

小秀的果乾終於試製成功了，那味道、口感就連挑剔的梅氏和周大少爺都表示了認同，幾個孩子終於能歇息兩天了。

「娘，您總看著我哥幹麼呀？還笑得怪怪的。」吃完晚飯，一家人難得有空閒，一起坐在院子裡乘涼。小虎蹭啊蹭就蹭到徐氏懷裡，摟著她說起悄悄話。

徐氏樂呵呵的摟著小兒子，拍了拍他的小手。「你這孩子瞎說什麼，娘哪有笑得怪怪的？你今天學的字都記住了？不用再去練習了？」

「哎喲，娘，您都會轉移話題了。我說娘，您這做的也太明顯了，誰看不出來呀！您有啥事就直接和我哥說唄！您沒看我哥嚇得都不敢往您身邊湊了嗎？」

徐氏不相信的看了看小秀，小秀也含笑點頭。

楊順子東看看、西看看，努力假裝自己什麼也沒聽到，什麼也不知道。無奈一家人都盯著他，他只好站起身來，藉口睡覺躲回屋裡去了。

「娘，我哥走了，您快說說，到底啥事呀？」

小虎扯著徐氏的胳膊晃來晃去的，小秀也湊了過來，趴在她娘的另一邊肩膀上等著下文，連楊有田都不著痕跡的往這邊湊了湊。

徐氏本就心思簡單，心裡是藏不住事的，她能忍好幾天都沒開口問兒子的想法已經很不容易了。此時被一雙兒女圍著追問，她自然不會隱瞞。

「娘在偷偷幫你們大哥找媳婦呢！」

徐氏笑得一臉神秘，把楊順子拒絕她和楊有田的話說了一遍，又把梅氏的話複述了一遍，然後一臉期待的問兩個孩子。「你們覺得老陸家那個三丫頭怎麼樣？還有馮嬸那個姪女，就是隔壁村子那個梳著兩條大辮子的姑娘，娘看她們兩個都是安安靜靜、秀秀氣氣的，正是你們大哥說的那種。」

小虎皺著小眉頭想了半天。別的事他不懂，但是他知道，他哥的媳婦就是他的大嫂，成親後是要住到自己家裡來的。一想到這個，他趕緊把小腦袋搖成了波浪鼓。

「娘，不行、不行，那個陸三丫肯定不行。她好像不會說話吧？她弟弟是我的小跟班，我們上她家喊陸小五出來玩，碰見她好多次，我們每次喊她姊姊，她理都不理。我也從來沒有聽她說過一句話，我還以為她是啞巴呢，走路也沒有一點聲音，幹啥都靜悄悄的。娘，她要是成了我嫂子，那我哥有多可憐呀？娶了媳婦卻不會說話。不只我哥，我也覺得不自在呢，明明家裡多了一個人，整天卻一點聲音都沒有，想想就覺得怪嚇人的。」

徐氏朝小傢伙背上輕輕拍了兩下。

「胡說八道，人家三丫怎麼不會說話？人家那是愛幹活不愛出聲，這還不好，這樣的姑娘可比那些咋咋呼呼的強多了。」

小秀挽著徐氏的胳膊，細聲細氣的勸道：「娘，三丫就算了吧，她和我哥不合適。娘，這事您可別著急，說不定我哥就是不想現在說親，故意編個理由騙您和爹的，那咱們不是好心辦了壞事嗎？」

前世她和陸三丫雖然不熟，卻也聽說過她的一些事。如果她只是不愛說話倒也沒什麼，主要那姑娘是一個性格怪異的，很不合群，也不愛與人相處，成親後連自己的娘家人都不走動了。據說和公公、婆婆相處得也不好，連話都不說，與自己相公關係也不怎麼樣，生了孩子後脾氣更怪了，孩子從炕上摔下來理都不理。這樣的姑娘，她家還是別招惹了。

再說，小秀是知道楊順子的喜好的。她這個哥哥，自己不愛拍板拿主意，卻喜歡能幹、能當家的姑娘，她前世的嫂嫂是那樣，許晴不也是那樣嗎？

想到許晴，小秀心裡就咯噔一下。

她哥不會是還放不下許晴吧？要不然，就是許晴的事給他的打擊太大，他才會想要娶一個和許晴不一樣的姑娘？

「娘，這事您千萬別著急，我找機會問問大哥，看看他到底是怎麼想的，咱們還是先弄清楚大哥心裡真正的想法再說別的吧。其實我倒覺得，大哥晚些成親也不是什麼壞事。咱們家的條件擺在這裡，再加上從前大家對娘的誤解一時半會兒也解釋不清，現在急急忙忙的給大哥說親，就算咱們拿得出聘禮，那好點的人家怕是也看不上咱們。倒不如等咱們再辛苦兩年，把日子過得紅火起來，到時候再給我哥說親，能選擇的機會自然更多一些。說不定到時候，那些有姑娘的人家會主動找上門來，搶著讓自家閨女給娘當兒媳婦呢。」

徐氏被小秀逗得哈哈大笑，楊有田也笑得不行。

「妳這丫頭，怎麼淨想美事呢？行了，孩兒他娘呀，這事就先聽孩子們的吧，我看順子現在幹勁十足的，八成也是抱著這個心思。這種大事呀，咱們還是讓孩子們拿主意吧。」

「爹，您真是太英明了。娘，您一定要等我和我哥探聽好，您千萬別偷偷跑去和人家姑娘家裡說什麼。」小秀不放心的再三叮囑徐氏。

「去去去，趕緊回屋睡覺，娘又不傻，娘才不會出去瞎說呢。」

小秀被徐氏趕回了屋，想了大半夜楊順子的婚事才睡著。第二天，她就有些不舒服，起得有些晚，錯過楊小雪上門的場景。

「妳這丫頭怎麼聽不懂話呢？我說不要就是不要，讓妳拿回去妳就拿回去得了，以後少做點不著調的事，比什麼都強。別回回做了壞事，就來送東西、說好話，這有啥用呀？要是當初小秀的名聲真被妳壞了，這幾塊點心能補得回來？」

「二嬸，您別生氣，我沒別的意思，就是聽說你們明天要上山去玩，所以送點東西過來，這些都是我去縣城時朋友送的，沒花銀子，您就收下吧！」

徐氏堅持不收，楊小雪竟然也沒堅持。

「二嬸，其實我是聽我爺說，明天可能會下雨，就想著過來和你們說一聲，要不然，你們明天就別去了吧？或者改一個時間？」
「小雪呀，妳看這天，像要下雨的樣子嗎？」
等小秀醒來，看到天都這麼亮了，臉紅得不行，徐氏卻心疼地直催她再回去躺會兒。
小秀哪好意思再回去躺著，她迅速洗漱完畢，就搶過徐氏手中的豬食桶往後院拎。
「哥，你回來了？今天怎麼這麼早？」
今天由楊順子一個人去鎮上，把最後一茬菜賣一賣，剩下的就留著做醃菜。往常他賣完菜回到家，早就過了吃晌午飯的時間，今天卻早了許多。
楊順子有氣無力的衝著小秀點了點頭，連話都沒說，將賣菜的銅板交給徐氏，就回屋補覺去了，情緒明顯不對。
「這孩子怎麼回事？今天這是怎麼了？怎麼一個個都怪怪的？」

第六十一章

因為起晚了，小秀就沒去周家，由徐氏過去幫忙做飯、打掃。小秀先熱好飯菜，然後隔著窗戶喊楊順子出來吃飯。

「我帶了餅，回來的路上吃過了，妳自己吃吧，哥先睡一會兒，有事再叫我。」楊順子說完，翻了一個身背對著小秀沒了動靜。

小秀站在窗外想了想就離開了。大哥若是真有心事，就讓他自己獨處一會兒，好好想一想吧。

一個人吃完早飯加午飯，小秀就開始準備明天上山要帶的東西，裝了滿滿兩大筐。接著小秀又收拾了下廚房和儲物間，找了一些罐子出來，洗刷乾淨後放在院子裡晾曬，準備過兩天醃菜用。

最近的天氣不錯，日頭也足，院子裡最後一批乾菜可以收了。園子裡再有菜成熟，就要放到地窖裡存放起來或者醃成鹹菜。

小秀找了一個乾淨的布袋，正準備將乾菜收起來，就聽二丫在門外氣喘吁吁地喊她。

「小秀姊，快來幫我開一下門！」

小秀回身見到她的樣子，大吃一驚，趕緊跑過去打開院門，把人迎了進來。「二丫，妳這是怎麼了？這是和人打架了？有沒有傷到哪裡呀？」

二丫懷裡抱著一個小罈子，手上挎著一個沾滿土的籃子，臉上跑得都是汗。她的頭髮散亂，身上的衣裳也被扯得有點歪。她把東西放在院中的桌上，一屁股坐了下來。

「小秀姊，妳先幫我倒碗水唄！我得喘喘氣、歇一歇。」

小秀趕緊進屋給她倒了一碗水，又手腳麻利的洗了一塊布巾，看著小丫頭擦淨手臉，又把頭髮重新梳好。

二丫騰地一下站了下來，撲向她帶來的那個籃子。

「小秀姊，再給我來一塊抹布，我得把這籃子清一下。我得看看我的包子還能不能吃，這個許晴簡直瘋了，說話就說話，抱著我哭什麼，還扯人家衣裳！早上我蒸了一鍋茭瓜雞蛋餡的包子，想送些過來給你們嚐嚐，我用了妳教的那個法子，把那小蝦子炒熟了拌在裡面，果然鮮得不行。誰想路過許晴家門口的時候，正遇到她剛回家，正和她娘在那一邊吵、一邊哭，我本來要繞道走，結果還是被她發現了，她就扯著我大哭，我真是服了她了。」

二丫說完，看了看籃子。

「還好、還好，幸好我出門時在裡面鋪了兩層布，包子一點事也沒有。小秀姊，妳快找東西來裝。還有，我前幾天不是從妳這裡拿了一罐醬嫩黃瓜嗎？我拿回去家人都挺愛吃的，我自己也做了一大罈，今兒給妳送來一些，妳嚐嚐我做的味道怎麼樣？」

經過幾個月的相處，因為有著許多共同愛好，小秀和二丫現在關係越來越好。今天我教妳做一道新菜式，明天妳送我些果子，這都是常有的事。小秀自然不會和她客氣，直接端著東西進了廚房。

小秀從廚房出來，就見二丫已經拿著她之前準備的布袋坐在那裡裝菜了。

「這乾菜晚收一會兒又不會長腿跑了，妳快把東西放下吧，咱倆去我屋裡說會兒話。」

二丫昂著小下巴，鄙視的看了小秀一眼。

「瞧妳這話說的，這家裡多少活計等著呢，趕緊把這菜收了，不是還能去做下一樣活計嘛！咱倆一塊弄還能快點，再說這收菜、裝菜用的是手，又不耽誤咱倆說話。」

她一邊幹活，小嘴一邊說個不停，根本不用小秀應聲。

「小秀姊，妳沒看見，許晴剛才和她娘大吵一架，在院子裡就哭了起來，我被她拉住了，聽她倒了半天苦水，聽得我頭都暈了。唉，要我說呀，可恨之人也有可憐之處。許晴大嫂那個勢利勁兒，在咱村可是出了名的。當初許晴能賺銀子，他們就屁顛屁顛的把人請到鎮上去住，還說要在鎮上給許晴找一個好婆家。結果呢？自從沒人收她家的野菜，就立刻換了一張臉，今天竟然直接開口把人趕了回來，還差點打了她。聽許晴說，那賣野菜的錢，她是一文錢都沒得到，都被她爹娘、哥哥、嫂子占去了。」

乾菜收完了，二丫卻還坐在地上不肯起身。

「小秀姊，我看著許晴哭得一把眼淚、一把鼻涕的，心裡也挺不得勁的。她一直和我說上次賣野菜的事是她做錯了，說她不該豬油蒙了心，聽自家哥哥、嫂嫂的攛掇，做出對不起妳的事。她心裡一直後悔著，好幾次回村時都想來給妳道歉，卻一直沒臉上門。她還請我幫忙給妳們兩個說和、說和，讓我改天陪她上門來給妳道歉，不過我沒答應她。我覺得道歉其實也沒用了，就算她道了歉，我和她、她和妳，再也回不到從前了。」

小秀伸出手指，對著小丫頭的額頭彈了一下。

「妳小小年紀，瞎感慨什麼呀？其實這事也沒有那麼嚴重，只是大家做人的原則不同罷了。登門道歉就不用了，我忙得很，沒時間記這些小事，只是我和她的確不可能再像從前那樣了。既然明知道相處不來，就不必假裝和好如初了。」

小秀說這話的時候，心裡很平靜。

她其實很慶幸，在她與許晴剛熟識沒多久就出了那樣的事，讓她看清一個人，又因為相處時日尚短，可以很快恢復，不再傷心。

二丫垂頭喪氣的嘆了幾口氣，靠在小秀的肩膀上，兩個人一起坐在曬乾菜時鋪的蓆子上，說了過幾天醃菜的事。

「小秀姊，我突然想起一些事。順子哥今天是不是去鎮上賣菜了？他回來沒有？」

「我大哥早上是去鎮上了，不過他都回來好一會兒了，我家賣的菜都是起大早摘的，來回又要走那麼遠的路，他這會兒正在自己屋裡補覺呢。」

「啊？小秀姊，那妳怎麼不提醒我呢？我說了這麼半天，會不會把他吵醒了呀？」

二丫緊張的坐起身，一邊往楊順子和小虎那屋看，一邊用手掩住小嘴，悄悄的嘀咕起來。「糟了，我剛才說許晴的那些話，順子哥會不會都聽到了呀？他不會覺得我是一個長舌婦吧？不對，哎呀，我怎麼這麼沒腦子呢！許晴話裡話外提到的那個真正對她好的人，在她哥面前救了她，還把她帶回村子裡的人，不會就是順子哥吧？可她什麼時候辜負過順子哥的一片心意呀？難道是她之前藉口和順子哥一起去鎮上的時候？」

小秀看著二丫自己在那邊嘀嘀咕咕，一會兒緊張、一會兒難過的樣子，覺得她可能發現了什麼了不得的事。

原來二丫喜歡她大哥嗎？可是二丫比自己還小一歲呢。不過這也沒什麼，雖然這丫頭年紀小，卻很能幹呢。

二丫轉悠了半天，終於心一橫，拉住小秀的袖子，直截了當地問道：「小秀姊，順子哥是不是曾經喜歡過許晴？他現在還喜歡她嗎？要是許晴改變了主意，不想嫁給鎮上的有錢人，想嫁給順子哥了，他會答應嗎？還有你們，你們會答應這門親事嗎？」

小秀假裝認真的想了半天。「這事我們都聽我哥的，只要他相中了就成。我爹娘都不管，我一個當妹妹的，肯定更不能管自己哥哥娶媳婦的事。」

二丫狠狠的跺了跺腳，拉著小秀的袖子搖了又搖。「小秀姊，妳找一個機會問問順子哥唄！看看他今天有沒有見過許晴，是不是他出手阻止了許晴大哥打她？我看許晴提起那個幫助她的人時，她爹娘眼睛都放光了，那樣子有點嚇人。妳還是提前問一問順子哥，心裡好有一個數吧！還有，小秀姊，妳再幫我偷偷問問順子哥，看看他喜歡什麼樣的姑娘？妳別說是我讓妳問的，妳就問他喜歡什麼樣的姑娘就行。小秀姊，拜託了，改天我再來找妳。」

小丫頭到底還是害羞了，一口氣說完這些話，扭頭就跑了，連那小罈子還有籃子都忘記拿了。

小秀的大眼睛轉了轉，狡黠地笑了。

為了第二天的郊遊，周、楊兩家早早就睡下了，周文卻在半夜時分被人吵起來。

「請夫人和大公子恕罪，實在是事情緊急，不得不深夜來擾。屬下剛剛接到京城傳來的消息，三天前，蘇貴妃和安樂公主成功從陛下那裡求到賜婚的旨意，王爺已經和陛下許諾，會盡快將公子找到並帶回京城，讓您和公主在年底前完婚，蘇側妃已經開始在府裡操持起公子尚主的事情來了。最糟糕的是，蘇府那邊的內應也傳了消息過來，有人已經暗中將公子的畫像和行蹤報給了蘇家。公子，可要屬下安排一下，馬上轉移，免得被那些人找上門來？」

周文淡淡地看了他一眼，慢條斯理的開了口。

「暗七呀，你明明已經跟了我這麼久，怎麼行事處處學我父王的作派呢？你想讓我像他一樣拋妻棄子？堂堂忠勇王府，大慶朝立朝以來保家衛國的鐵血精英，愣是在他手裡變成了一堆軟骨頭。父王接下這賜婚旨意前，就沒有猶豫一下，試著幫他兒子反抗一下？」

黑衣人只是俯身告罪，卻一句話也不敢答。

他家那位王爺，早已經在蘇側妃枕頭風的功夫下，親口向公主許諾，說是無論如何都會讓人將大公子帶回去，又何來的為公子爭取一說呢？

「罷了，幸好我和他那父慈子孝的戲碼，在娘親與他和離、本公子辭去世子之位遠走他鄉當日起就演完了。接下來，咱們就換一齣戲來演吧！」

第六十二章

午後的山間，有風、樹、湖、陽光，還有歡聲笑語。

今天，周、楊兩家的所有重要成員都來了，包括大黑和那匹總是高傲地揚著頭的駿馬。

此時，兩個小傢伙正帶著大黑繞著湖瘋跑玩耍；楊有田和周秀才一起坐在湖邊釣魚，兩人旁邊放著兩個桶子，小桶子裡裝著楊家兄弟為他們準備好的蚯蚓，大桶子裡裝著他們釣上來的魚。那釣魚竿是周文親手做的，有了這魚竿和那香噴噴的魚餌，兩人這一上午收穫頗豐，裝魚的大桶子都快滿了。

徐氏被梅氏拐去旁邊的草地上練習騎馬了，徐氏的大笑聲、驚叫聲時不時傳來，一臉羨慕的楊順子終於忍不住湊上去，還美其名曰他這是要跟過去為自家娘親保駕護航。

樹下，只剩下小秀和周文兩人。小秀坐在樹蔭下，守著熬魚湯的小鐵鍋，含笑看著大家開心的笑臉。魚湯香氣中還有蕈菇的鮮香，讓人聞了就口水直流。

細碎的陽光透過樹葉間的縫隙悄悄灑落，為少女身上鍍上星星點點的光芒。

「周大哥，湯熬好了，你要不要先嚐嚐味道？」

身後一絲回應都沒有，小秀小心翼翼地蓋上鍋子，轉過身，就見那個少年伸展著一雙大長腿，慵懶地倚靠著身後的大樹，閉著眼睛睡著了。睡夢中那緊皺的眉頭，悄悄洩漏少年心中那一分糾結。

小秀悄悄起身走了過去，在少年身旁坐了下來。

她情不自禁的向前伸出手，撫向少年的眉心，緊張的連呼吸都放輕了，這一刻，遠處的歡聲笑語似乎都消失了，連微風都捨不得過來打擾這絕美的畫面。好像只過了一瞬間，又好像過了很久，有人握住了那隻小手。

睜開眼睛的少年，眼底一片清明，再不見半絲困頓。

小秀眨了眨眼睛，偏頭看向樹旁的一朵野花，一雙小耳朵紅通通的。

「我怕你睡在這裡著涼了，就想過來叫醒你。湯好了，你要不要先喝一碗？還有，我爹和周叔釣了很多魚，一會兒你給我們烤魚吃吧，還有……」

「還有，湯好了，妳忘記把火熄了。」

少年說著，突然一把將人扯進懷裡，在小姑娘額頭上輕輕吻了下。

「坐在這裡別動，等我回來。」

他迅速起身，過去將鍋下的火壓熄，然後不著痕跡的往四周看了看。有些麻煩果然還是要盡快解決得好，要不然後面天天跟著一堆人，想好好和媳婦親近一下都不行。

等周文重新坐回去，再次被拉住小手的姑娘拚命的找著話題。

「周大哥，剛才上山的時候，小虎他們背的文章是什麼呀？這兩個小傢伙怎麼突然這麼用功了？上山時背了一路文章不說，剛才玩累休息的時候，還拿出書背了好一會兒呢。」

周文也不戳破她的小心思，只是不著痕跡的往小姑娘的方向又靠近了一些。

「我昨天剛剛許諾他們，如果他們能背熟我規定的十篇文章，中秋節前我就帶他們去縣城逛一逛，到時候妳也一起去。妳不是想試著賣果乾嗎？這次做的果乾量少，我看就不用等到過年了，乾脆中秋節前找一天，咱們去縣城轉轉，給妳買些喜歡的東西，順便再找一找買家。回頭我抽空畫幾個樣子，妳讓順子哥去找人問問價，做一些樣式精緻的盒子出來裝果乾用。」

小秀使勁的點了點頭。這個她懂，這叫包裝，她在異世時看過。那個世界的人不管賣多麼普通的東西，都會給它們套上一個漂亮的包裝，再起一個好聽的名字。周行之說了，這個就叫包裝，本來只能賣兩文錢的東西，就能賣到八文錢、十文錢甚至二十文錢。要是能請到大明星用你的東西，那就可以賣到一百文了，這叫廣告，也是名人效應。

「果乾可以用盒子裝著賣，也可以用不同圖案的紙袋裝。那野菜、山雞蛋和那些乾菜呢？是不是也都可以？周大哥，等明年我的山雞孵了小山雞，山雞蛋多起來的時候，我就找人編些漂亮的小籃子裝雞蛋到市集賣……」

小姑娘越說越開心，連被人偷偷擁進懷裡都沒發現。

周文沒想到小姑娘舉一反三的能力這麼強，他是既驚訝又驕傲，恨不得摟著小姑娘好好親幾口。

「周大哥，等去縣城賣果乾，咱們就好好逛逛。長這麼大，我還從來沒有去過縣城呢。

聽說縣城裡的鋪子很多，賣的東西也齊全，我想去好好逛一逛，看看有沒有什麼特殊的調料，還有咱們這邊沒有的種子，要是有果樹苗就好了，沒有我就自己種。咱們這邊來來去去只有這幾樣果子，做出的果乾也太單調了。」

周文發現，自從他提出要一起去縣城逛街的事，不管大的、小的、老的、少的，似乎都很開心。兩個小傢伙背起書來格外積極，梅氏和徐氏更是早早湊在一起，商量扯布做棉衣的事情了。

周大少爺心滿意足的抱著小姑娘，拉著她的小手，聽她說逛街時都想要去哪些地方、買什麼東西、都是給誰買的。他聽得很認真，記得很用心。望著小姑娘開心的模樣，少年的眼中悄悄染上悲傷和歉意。

「小秀，等妳繡完嫁衣，咱們就成親好不好？不，咱們不繡了，我帶妳去縣城，咱們去繡莊裡挑一套最好的。咱們早點成親，不等十月初六了。」

剛才還嘰嘰喳喳的小姑娘突然沒了聲音，過了好一會兒才猶豫的伸出小手，回握住少年的手。

「周大哥，我……我想再留在家裡幫爹娘忙些日子，快種冬白菜和馬鈴薯了，也快秋收了，我和大哥打算過幾天就把那山雞挪到另外一邊，用養山雞這塊地種冬菜，收成肯定更好一些。

「周大哥，我想自己繡嫁衣和喜被，我還打算給你、周叔、周嬸和小武每人做些鞋襪，我想自己一針一線縫出來。還有成親前要準備的那些事，我想親眼看著它們一件件被完成。我……」

前世，她是以小妾的身分嫁進劉家的，劉家不肯出聘禮。那時家裡的日子已經很艱難了，也沒給她準備什麼嫁妝，還是徐氏將唯一的銀鐲子賣給村裡的一個媳婦，換了些錢給她買了一身紅衣裳，她才算有了一身嫁衣。所以這輩子，她想自己一針一線把嫁衣繡出來。

「爹、大哥，你們快來吃飯啊！」

遠遠的，兩個小傢伙帶著大黑飛奔而來。

周文無奈的鬆開了手。小虎到了近前，毫不客氣的就朝兩個人身上撲了過來。

「周大哥、姊，我好餓呀，我要吃飯，你們快去幫我看看我的叫化雞熟了沒有？那雞可是我和大黑抓到的！」

小傢伙一邊喊，一邊悄悄扯兩人的袖子。

「那邊樹林裡有好多人躲起來偷看咱們呢。我和小武哥哥都看到了，是大黑先發現他們的。周大哥，他們不會是土匪，想要打劫咱們吧？」

小秀聽了，忍不住去看周文的反應。周小武也湊上前來，用眼神示意他哥這裡有危險，那些可不是他們的人。

小秀上前一步，噘著嘴，搖起了周文的袖子。

「周大哥，我們出來這麼久了，我有些累了，家裡的牲口也該餵了，咱們回去吧。回家我蒸點米飯，再炒點菜，配上這魚湯和叫化雞，咱們還能好好吃頓飯，在這山上什麼都不方便，你看，我的裙子和鞋都弄髒了。」

周文佯裝不高興的皺著眉頭想了半天，終於點了頭。一行人這就收拾東西往山下走。楊有田、徐氏和楊順子雖然不明所以，卻老實的啥也沒問，跟著他們一起下山了。

「周大哥，這件事咱們還是去和村長說一聲吧，如果小虎沒看錯的話，那些躲起來的人恐怕真的來意不善，萬一真是土匪，讓村長提前通知一下大家，鄉親們也好早作準備。這種事得派人去鎮上找官兵來幫忙吧？不對，應該找那些將士，他們身手肯定更好。」小秀記得，前世就是有一個將領帶人路過，才救下村子裡的人，只是等到他們救下村民，那些山匪已經狗急跳牆，把從村裡搶去的糧食都燒光了。

小秀越想越覺得有可能是山匪的事提前發生了，她生怕周文不肯相信她，急得不行，卻又找不到什麼足夠說服人的理由。

沒想到，周文卻毫不猶豫的相信了她。

「放心吧，如果真是山匪，現在大白天的，他們不敢下山的。一會兒我就和我爹去村長家一趟，和他商量一下怎麼應對。至於是去鎮上搬救兵還是去軍營，還得等我們摸清情況再說。咱們沒有和那些人打過照面，又說不清他們的人數、是否帶了武器，甚至沒有證據證明的確有這樣一群人在，我擔心村長不相信咱們呢。大家別擔心，我會想辦法的。伯父、伯母，你們先回去吧，把家裡的東西都藏好，然後就待在家裡，先別出屋，這件事還沒確定，就不要往外說了，省得引起恐慌。如果真的有事，我會敲鑼給大家預警的。」

等到小秀一家人被勸走，周文立刻給小武下達一個任務。

「你帶兩個人去探一探，看看附近是不是來了什麼東北大營的人？如果有的話，就把他們引過來，讓他們和那些人正面對上。既然堂堂忠勇王府的人，心甘情願的當那連真面目都不敢露的縮頭烏龜，那咱們也別客氣了。」

周小武剛剛領命而去，梅氏就一腳踢碎了一把椅子。

「蘇嫵那個不要臉的賤人，竟然找了一個替身，準備代替你和她女兒成親，真是夠噁心人的。她這是準備賴上你一輩子了，若是那個替身以你的名義娶了公主，那你這個駙馬的身分是走到哪裡都擺脫不掉了。既然安樂公主這麼想要駙馬，那咱們就給她準備一個好了，包准讓她滿意。這件事你別管了，娘來安排，你只管對付你那個蠢貨爹派來的人就行了。」

第六十三章

周文聽了梅氏的話，表面很乖巧的連聲應下，轉身卻藉著去內室換衣裳的機會，將清虛留下的藥丸悄悄裝進懷裡。

出來後，周文又看了看周秀才，後者對他點了點頭。「放心吧，我會照顧好你娘的，你自己也要小心。」

兩人暗中用眼神交流了一番，周文這才從後門出去，帶著人向山上掠去。

周秀才也換上一身方便出行的衣衫，挺直腰身，身上的氣質大變，再不是那個只知道樂呵呵、什麼時候都一臉和氣的秀才老爺。

他見梅氏一直望著後山出神，猶豫了一下，才伸手拍了拍她的肩膀，出言安慰道：「師妹，放心吧，不管怎麼說，那終究是他親爹，虎毒尚且不食子呢，再說，他們既然想要把文哥兒好好的帶回去，就會有所顧忌。要不然，依那幫人的脾氣，剛才又豈會放我們安然下山？」

在梅氏看不到的地方，他的眼中卻盛滿了擔憂。

文哥兒那個孩子膽子一向大得很，剛才就一直趁他娘不注意衝自己使眼色，不知道這次又在打什麼主意了。

梅氏同樣沒有回身，只是背對著他，語氣特意輕快地道：「我不擔心，我有什麼好擔心的？我兒子可是十三歲就大敗西蠻的小戰神，那些傢伙就派了這點人過來，也太瞧不起人了。」

周秀才假裝沒發現她的逞強。

「妳這麼想就對了，咱們先去村長那裡吧。」

兩人簡單收拾了一下，正要出門，就遇上折返回來的小秀和楊順子。

「周叔、嬸子，我剛才想了一下，這裡離村子中心還有一些距離，又是下山的必經之路，你們留在家裡太危險了，不如先去我家，一會兒跟我們一起去老宅躲一躲，等村長那邊查探的結果吧。」

楊家老宅位於村子中心，周圍都是人家，離山腳也有一些距離，那裡的確要比周、楊兩家的位置安全許多。

「不用了，我們和文哥兒他們定好了在村長家裡會合，我和妳嬸子這就要過去了，你們也快點去老宅吧，那裡更安全一些，咱們鎖上門一起走吧。」

楊有田夫婦回到家，立刻先將家裡的銀錢和糧食分別藏好，然後又餵了牲口，把牠們都趕回圈中，就鎖上房門、院門，和小秀、楊順子會合，一起去了老宅。

聽他們把剛才的情況一說，楊老太太第一個表示不信。

「有田呀，這山上有人不是正常嗎？這好好的，你們怎就想到土匪上頭去了？這說的還怪嚇人的。咱家從你祖太爺爺那輩開始就落戶口在這十里屯了，我可從來沒有聽你爹說過有土匪進村的事。老頭子，你說是不？」

楊老爺子看了大家一眼。「那是妳這老婆子不知道，早些年還是有過的，不過那都是我爺爺小時候的事了。那時候正好遇上一次饑荒年，這山裡就多了很多吃不起飯的土匪，那些人可是殺人不眨眼的，進村就搶糧、搶牲口、搶錢，搶完往那山裡一鑽，官府也不敢進去抓人，等東西吃光了就再出來搶。不過當時遭了禍事的倒不是咱們村子，都是一些黑水河東岸的富裕村子。咱村子那時候窮，人都快餓死了，家家戶戶的米缸都成了擺設，連土匪都不願意上門。」

何氏聽了，忍不住有些忐忑。「爹，您說的都是真的？您可別嚇唬人呀！我看根本就沒有啥人躲在山裡，肯定是看錯了，要是真有壞人藏在那裡，不是早就把老二他們抓起來了，哪會放他們下山？」

小虎本來還一臉緊張的靠在他爹身上，聽了這話，大眼睛一轉，就衝著何氏嚷道：「大伯娘愛信不信吧，反正我們都看到了。大伯娘要是不怕有土匪下山來搶糧食，那就在這坐著唄！」

說到糧食，何氏到底坐不住了。「爹、娘，要不我們還是先把那糧食往地窖裡挪一挪吧。這要是啥事沒有，咱等晚上再偷偷挪回來。哎喲，還有家裡的銀錢，不行，我現在就得去弄。」

楊老太太見楊老爺子點了頭，也有些坐不住了。「順子娘，別的都不用管，咱們就把銀錢和糧食藏好就行，不能藏地窖裡，也不能都放在一個地方。算了，還是我和你們一起去吧。」

楊老太太和何氏要去搬糧食，楊老大卻一點動靜都沒有，還是何氏喊了他一嗓子，他才起身去幫忙。

小秀這才覺出不對來，自從他們進了屋，說山裡可能有土匪的事，一向喜歡拍板的大伯就一聲沒出，他不說話，倒總是小心翼翼的去看楊小雪。

小秀這一留意，就發現楊小雪也很奇怪。她一直低著頭，似乎怕見人一樣，那手似乎還有些抖？楊小雪突然抬頭，笑意盈盈的迎上小秀的目光。兩人對視了一眼，又同時轉開視線。

「二叔、二嬸，你們先坐，我也回屋裡收拾收拾。」

楊小雪進了自己的屋子，就長長的出了一口氣，軟倒在床榻上。看來自己的判斷沒錯，那些黑衣人的目標就是周家人，所以才會放任二叔一家下山。只是不知道，那周文到底是什麼來頭，竟然招惹來那些心狠手辣的黑衣人？

山下此時還是一片祥和寧靜，而山上已經劍拔弩張。

一直隱身在林後的黑衣人見到周文主動現身，立刻上前行禮。隨著他的動作，他身後的人也迅速行動起來，對周文做出包圍之勢。

周文淡定的站在原地，輕輕呵了一聲，卻連眼皮都沒抬一下，更別說搭理他們了。

那個黑衣人倒也不覺得尷尬，反而對他越發恭敬起來。

「大公子安好，小的汪全先在這裡恭賀大公子身體康復。小的這次出京，是奉貴妃娘娘之命特來迎接公子回京的，娘娘和公主對大公子甚是想念。還有一個好消息要告知大公子，陛下已經下了聖旨，為您和安樂公主賜婚了，小的在這裡再次恭賀大公子，這可是天大的榮耀。」

那個黑衣人首領似乎心有顧忌，一直與周文保持距離，並沒有貿然上前。

「你剛才是說，恭賀我要娶安樂那個瘋女人了？你和我有仇，這麼倒霉的事還要說恭喜？你覺得這是榮耀？那這新郎倌就換你來做吧。你放心，等成親那日，我一定派人送上一份厚厚的賀禮。」

周文這話一說出口，圍著他的那些黑衣人就都露出微妙的神情。讓一個太監娶公主，這位周大公子說話夠狠的。

那個自稱汪全的黑衣人也是滿臉訕笑。「大公子說笑了。這天也不早了，咱們還是早點啟程吧？」

周文用扇子敲了敲手心。

「若是我不願意，不想跟你們走呢？你又能奈我何？」

汪全慢慢站直身子，收起臉上的假笑。

「小的相信，就算為了忠勇王府，大公子也不會抗旨不遵的。再說，大公子總要為梅娘子和那個小姑娘考慮一二才是。還有這村子裡的人，若是……」

「梅娘子？呵呵，汪全，你今日本來不必死在這裡的，可惜你偏偏要……那本公子只好成全你了。」

周文終於有了動作，他慢悠悠的向汪全走去。

「哈哈，這件事就不煩勞汪公公了。王爺特命我前來迎接大公子回京完婚，接下來的事，還是交給在下吧。汪公公請移步。」有人飛快現身，攔在周文和汪全之間，對兩人形成了挌檔之勢。

「哎喲，是鄭統領呀，王爺這可真是一片慈父之心，既然咱們遇上了，那不如一路同行回京？這一路我已經讓人打點好了，衣食住行，保管給各位安排得妥妥當當。」

汪全忙著和忠勇王的親衛統領鄭雨寒暄起來，周文的臉色卻一點點冷了下來。

「鄭統領，你家主子讓你來，只說讓你請我回京完婚？還有別的指示沒有？」

鄭雨瞬間領悟這話的含義，他立刻俯身。「自然，王爺的意思是，若是梅夫人肯賞光，與我們一同回京觀禮，就再好不過了。」

「觀禮？好一個觀禮。」周文突然燦然一笑。「我爹給那個女人請封正妃之位了？」

鄭雨明智的向後退了兩步，尚未開口，汪全就已經一臉得瑟地回答了這個問題。

「正是，小的離京的時候，那請封的摺子剛剛遞到御前，陛下當場和貴妃娘娘允諾立刻准奏。小的估計禮部正在給蘇王妃準備衣冠呢，等大公子成親的時候，想來蘇王妃就可以穿上那超品冠服了。」

第六十四章

「蘇王妃」和「超品」一說出口，原本連連倒退的鄭雨立刻停了下來，他在猶豫要不要再上前去提前防範，免得大公子暴怒下錯手將汪全宰了，到時候可就出大事了。

別看這位現在笑得好看，那可是十三歲就拿著虎符替父上陣殺敵、名揚天下的昔日小戰神，再加上他的娘親是那位剽悍的前忠勇王妃，這可不是一般人能招架得住的。鄭雨稍一遲疑，就暫時留在原地沒動。

「梅娘子？蘇王妃？生我、養我的親娘只能回去當一個賓客觀禮？一個賤妾卻當上了王妃？這可真是天大的笑話！鄭統領，是我的耳朵不太好了，還是你的主子真的已經老糊塗了？要不要我明兒讓人去青樓贖兩個姑娘，再給他送兩個側妃，讓他好好熱鬧熱鬧？看來這幾年，我爹這忠勇王當得有些膩了，要是這樣，我這當兒子的倒可以幫一幫他。」

周文話說成這樣，鄭雨卻只是皺著眉頭忍了下來。

自家事自家知，外人都以為是小蘇氏仗著姊姊的勢鬥贏了正室，逼忠勇王夫婦和離，自己成功登位，從此風光無限，兒子也馬上就成嫡子。但事實上呢？王府裡的人再清楚不過了，這不過是因為前王妃對王爺失望透頂，不稀罕和小蘇氏爭，這才直接丟了一紙休書把王爺休了，自己帶著兒子遠走他鄉尋醫問藥去了。要不然小蘇氏現在還只是一個賤妾呢。

鄭雨對周文的話沒反應，一身黑衣的汪全可是很不高興。

「大公子好大的膽子，竟然敢辱罵當朝超品王妃，還敢威脅忠勇王，這是大逆不道，更是天大的不孝。大公子想為娘親鳴不平，可得問問梅娘子自己有沒有那個臉面怪罪別人？當初可沒人逼她離開，是她自己善妒不賢，因王爺寵愛蘇王妃，便大吵大鬧著非要和離，如今落得如此田地，可怨不得別人。王爺與蘇王妃伉儷情深，本就是一對神仙眷侶，如今能夫妻相守，本就是應該的。要不是王爺寬厚，就憑當年梅娘子那妒婦之名，早就被休了八百回。大公子以後還是慎言的好，否則回了京城——」

汪全這話還未說完，就成了一聲尖細的慘叫。周文時間有限，再也不肯與他廢話，乾脆直接動起手來。他的速度太快，鄭雨根本來不及阻攔，等眾人反應過來，汪全已經倒在了地上。而周文手中拿著一根細長的柳條，狠狠抽打著倒在地上的傢伙，那柳條被他甩起來，竟比鐵鞭還厲害，幾下甩去，汪全就一身的血。

鄭雨長嘆了一口氣。他剛才看著汪全可勁的作死，就已經料想到了這一幕，此時他也不糾結了，乾脆看熱鬧，只要大公子別把這傢伙抽死就成，其他的他就管不著了。

眼前這位是什麼身分？他可是忠勇王的正室嫡長子，就算梅氏已與王爺和離，他也是王爺嫡嫡親的兒子，又豈是一個閹人能隨便辱罵的？更何況汪全現在辱罵的不只是大公子，還有前王妃娘娘。身為王爺的親衛統領，不能出手幫大公子收拾姓汪的，他已經夠臉紅的了。

汪全也是一個有功夫的，他被狠抽幾下後，終於險險的站了起來，朝周文撲了過去，可惜卻被周文手中的柳條狠狠壓制住，仍然沒有半點還手之力。鄭雨曾見過大公子少年最意氣風發之時，也曾見過他如廢人一般躺在那裡動彈不得，此時看到他又能親自動手教訓人，身為故人，心裡也是百感交集。

原本一切都好好的，王爺夫妻恩愛，王爺與兩位公子也是父慈子孝，王府後院一片祥和……直到蘇貴妃的妹妹小蘇氏藉著皇帝的慶功宴與王爺發生了關係，皇帝順勢將小蘇氏許給王爺當側妃，一切就都變了。

當時梅王妃得到消息，立刻就去宮裡大鬧了一場，她堅決不同意小蘇氏入府。

梅氏當著滿朝文武的面就敢自稱妒婦，聲稱要是皇帝執意讓人進王府，她現在就去蘇府把人剃成光頭送到尼姑庵去，要不然她就去皇陵跟先帝告狀去，就告聖上德不配位，竟然幫自己小姨子勾搭有婦之夫，還故意幫她把人睡了，讓生米煮成熟飯。

反正梅王妃是認準了這件事皇帝是幫凶，就得負責幫她把麻煩解決了。試問，在這皇宮裡，要不是有皇帝的默許，哪個女人能爬上忠勇王的床？

皇上被她鬧得頭疼，揚言要治她的罪，梅王妃這才委曲求全的退一步，聲稱只要小蘇氏簽了賣身契，同意以賤妾的身分入府，她就同意。要不然，小蘇氏就等著被剃成光頭吧！

梅王妃在宮裡鬧，大公子就帶著人去那些文武百官家中挨個兒敲門，告誡人家的當家夫人以後千萬要當心，皇帝和貴妃娘娘有一個不良嗜好，喜歡安排大人們在宮裡留宿，最喜歡的是給這些留宿宮中的大人安排爬床的。要知道，蘇家的女兒多，嫡支、旁支的有好幾十個，總之大家萬事當心。

因此，等到小蘇氏進門時，京裡的貴婦人雖然不知道她是簽了賣身契的賤妾，卻都知道她是怎麼進王府的了。

這個汪全是蘇貴妃的心腹，這些年，這對主僕仗著昏君的寵愛，還有蘇家的勢力，壞事做盡，如今這人自己送到了眼皮子底下，周文自然不會對他客氣。這汪全能作威作福這麼多年，手上功夫還是不錯的，他被周文抽得一身傷，怒上心頭，也不準備帶著活人回京了，突然格外悍勇起來，開始連下死手。反正貴妃娘娘本就已經做了兩手準備，提前準備好了替身，若是這個帶不回去，照樣會有人用這個身分和安樂公主成親。

眼見周文突然一個趔趄就落了下風，跟著他一起上山的人忍不住衝上前去幫忙，那些黑衣人自然要阻攔，兩方開始混戰。

周文這邊的暗衛統領一邊應戰，一邊對著鄭雨開罵。「鄭雨，你這是準備背叛主子給蘇家當狗了嗎？你是不是忘記自己的身分了？你這是要看著大公子死嗎？還是王爺就是讓你來送大公子上路的？」

鄭雨也看出周文情況不對了，此時聽了這話，哪敢繼續旁觀，只好也衝上去。偏偏這時，又有一夥異族人被追趕至此，看到鄭雨這邊都是鎧甲在身，立刻反射性地戰了起來。周家世代從軍，見了外族人在此，自然也不會放過，現場一片混亂。

等到黑衣人和那幾個異族人全滅，周文帶來的人中有一個做村民打扮的這才轉身往山下跑去，一邊跑，一邊高喊：「有土匪啊！土匪要進村了！大家快跑呀！官老爺救命啊！」

山腳下的人家隱隱都聽到了動靜，正在搜捕剛才那幾個異族人的一隊兵士也聽到了，開始往這邊趕。

周文此刻身上血跡斑斑，也不知道是他的血還是別人的血。鄭雨心中一緊，不對勁的感覺也越來越強烈，他想要上前查看，卻被周文的人攔住了。

「鄭雨，帶著你的人和這些屍體回京城去，帶話給我爹，他忘了當初為什麼納蘇媚為妾沒關係，演戲演得太久入戲太深也沒關係，只是別慫了太久，就不知道怎麼站起來了。皇帝忌憚他，他忍辱負重，他覺得這是忠君，可以，可蘇家算什麼東西？不過老皇帝的一條狗，也能爬到我忠勇王府頭上作威作福了？今日他們敢對我動手，他日難道會對他客氣？今日我若死在這裡，那府裡剩下的可都是身上流著一半蘇家血的人，你們覺得，我會將忠勇王府拱手相讓給這些人？那我還不如讓這忠勇王府不復存在了呢。是誰害我當了這麼長時間的廢物，你們的王爺心裡有數，鄭統領你也有數吧！」

周文停了下來，咳出兩口血，他又吞了一粒藥，然後從懷裡拿出一封信，讓人交給鄭雨。

「這封信的內容至關重要，半刻耽擱不得。忠勇王府的存亡，還有你的主子能不能保住他的王位，就取決於他看這封信後，能不能及時做出應對。所以，鄭統領最好半刻鐘都不要耽誤，立刻親自帶著這封信趕回京城。若是晚了，你就等著到王爺面前以死謝罪吧。你也勸著我爹一些，有些東西、有些人，千萬別捨不得，要不然，我可真的不能保證後面的事了。還有，記得讓我爹多送些好大夫、好藥過來，要不然我若是死了，這忠勇王府也照樣要不存在了。」

鄭雨知道，大公子並沒有危言聳聽，他真的能辦到，因為老王爺去世前，親自任命的家主就是大公子，王爺現在不過是代行其職。而周家能調動軍隊的那塊虎符，也只有這位大公子知曉在哪裡。

祈浩帶著人一路追蹤，循線找到周家的院子，在院中發現幾個異族人和黑衣人的屍體，還有重傷昏迷的周文和守著他的兩個暗衛。他一眼就認出周文的身分——忠勇王府大公子，兩個月前他被軍中派出來，奉命尋找並要保護的人。

祈浩的隊伍裡有軍醫，軍醫給周文診完脈，臉色沈重地朝祈浩搖了搖頭。

「他的身體本就已經油盡燈枯，如今又受了重傷，這會兒還有一口氣在，應是吃了什麼保命的好東西，可這東西也難保他撐過今晚，除非有國醫聖手在，還有可能為他吊一吊命，否則，就只能準備後事了。」

第六十五章

這軍醫不是第一批跟著祈浩出任務的人，而是祈浩找到異族人聚居地，將那些人押解回軍中後，再次出發追查周文行蹤前，特意找上官要的人手。所以，這軍醫並不知道周文的身分，只把他當作一個普通病患，直接下了一個很絕對的定論。

祈浩半蹲下來，盯著軍醫的眼睛，一字一句鄭重地道：「老常，這個人很重要，他的命重於一切。所以，現在你就是國醫聖手，用你手中最好的藥，嘗試所有能想到的辦法，先保住他的命，這是軍令。其他還需要什麼，你列一張單子，我來想辦法。」

老常陰沈著臉，又看了看氣息越來越微弱的周文，粗著聲音回了一句。「我只能盡力試一試，但他這種情況，真正的國醫聖手來了也不敢給你打包票。如果沒救回來，你也不要怪我，那肯定是我真的無能為力了，到時就算你把刀架在我的脖子上，我照樣救不了。」

周秀才和梅氏是最先趕回來的，他們遠遠就看到自家院子裡滿是身穿鎧甲的兵士，到了近前，又聞到濃郁的血腥味。兩人對視一眼，心裡都有些不安，忙加快了腳步。

等他們進了院子，表明自己的身分，就有上兵將他們帶到祈浩面前。祈浩之所以會被派出來找人，就是因為他家與忠勇王府曾有些淵源，所以他不只認識周文，還認識梅氏。

梅氏自然也認出他來了，只是兩人都裝作不認識，互相行禮做了自我介紹。

梅氏很是坦然的拉著周秀才，向祈浩介紹道：「這是我的夫君。」

祈浩的表情頓時就有些微妙。

當年，忠勇王夫婦和離這樁公案，他是知道的。到現在，那些京城裡的貴婦們提起這位前王妃都滿懷同情，提起小蘇氏暗中都是鄙夷。結果，人家這位被百般同情的正主其實已經再嫁，另覓美滿姻緣了？而且，還得到了周大公子的同意？

常軍醫進去救人前下了死令，在他救人這段期間，任何人都不能進去打擾，否則出了什麼後果，他概不負責。梅氏和周秀才聽了周文此時的凶險，便尊重醫者的意見，並沒有提出要進去探望的意願，而是選擇安靜的守在門外。

祈浩陪他們站了片刻，就先去忙了。他的人馬要安置好，找到人的消息要傳回去，山上也要再派人去看看有沒有異常。總之，為了裡面那位大少爺的安全，他還有一堆事要忙。

周秀才也離開了一會兒，回來後便悄聲安慰梅氏。「別擔心，我剛才去看了，馬沒在後院，小武留了訊息，說他去接陳老大夫了，估計很快就返回來。等老前輩到了，會進去一起救治文哥兒的，咱們再耐心等一等。放心，這孩子福大命大，不會有事的。」

梅氏點了點頭，身心俱疲的她輕輕靠在自家師兄的肩膀上，緩了好一會兒才覺得又有了些力氣。

她一向天不怕、地不怕，可就在剛才，她聽到祈浩說自己兒子生命垂危的時候，只覺得天都要塌了。那一瞬間，她彷彿又回到當年文哥兒剛中暗算那時，若不是有身後這個人在，她可能早就支撐不住，直接癱坐在地上了。

「師兄，我應該一直守著他的，我應該想到他現在實力還沒有完全恢復，卻放他一個人上了山，我這個當娘的真不稱職，是我沒有保護好他。當年也是這樣，如果我沒有聽信那個男人的花言巧語，沒有誤信他真的是在逢場作戲，如果我沒有心慈手軟，而是直接出手，那個女人也不會有機會在府裡培植自己的勢力，還找到機會暗害文哥兒。最蠢的是，我現在都沒想出她們到底是怎麼做到這一切的。」

周秀才感覺到肩膀上一片濡濕，心裡痛得厲害，卻什麼也做不了，只能輕拍著她的後背，安慰道：「別擔心，文哥兒那孩子一向有分寸，不會有事的，這麼多劫難都熬過來了，這一次挺過去，就會雲開月明了。」這一次，他會一直守在她身邊，再也不會讓她落入當年那樣惶然無依的境地。

祈浩無意間回頭看了一眼，見到那一對互相依偎的人，心中很是羨慕。他忍不住透過大門，看向那個有著小姑娘的方向。這一次，他離她這麼近，卻再也不能去找她了。祈浩已經知道家裡給他訂親的消息，據他爹說那是一個好姑娘，他娘現在已經恨不得把人家當成親閨女，天天帶在身邊了。

等村長帶著一群壯士戰戰兢兢摸索過來的時候，先是得知的確有一群土匪要來搶劫村子，又得知那幫土匪已被這些兵士全都滅了，心情大起大落後，又知曉周文為了大家上山去探消息，卻被土匪發現，受了重傷，一群大老爺們都感動得不行。

關於這件事，祈浩給出的解釋是，他們之前出任務路過此地，無意間發現這夥山匪活動的蹤跡，便留了人暗中偵查。這次，他就是帶人過來剿匪的。他們端了那夥人的老巢後，其中一個土匪怕受刑，就主動說出今日有一隊土匪準備來這個村子殺人放火、搶糧食，祈浩這才能夠在慘劇發生前趕過來。只可惜還是晚了一步，他們雖然救下了周文，他卻已經受了重傷，如今性命垂危，正在屋裡搶救。

一群大男人等在院子裡，盯著那緊閉的房門，恨不得下一刻就有人開門出來跟他們說，小秀才老爺已經沒事了。

周秀才見現在一個出來主事的人都沒有，連李鐵山都有些慌了，只好走過去，主動提點了幾句。

「我在這裡謝謝村長和各位鄉親對文哥兒的關心，我相信天佑好人，我兒子不會有事的。大家都忙了一天了，就先回去吧，別在這裡等了。再說，現在村子裡還有好多事要忙，那些等在家裡的鄉親們現在心裡肯定害怕得很，還等著大家去送信安撫一下。還有以後這村子的防衛，村長肯定也要給大家分工安排。畢竟這次是我們幸運，有了這些軍爺才免於一難。可是這些軍爺不可能一直守在咱們村子，他們早晚會離開，村長不如帶著大家一起合計，以後安排人每天巡邏，既防山匪又防野獸進村。再者，咱這村就在山腳下，眼下也快入秋了，天乾物燥的，就是為了防火，這巡防的事也不能輕忽了。」

梅氏也走了過來，對著眾人盈盈一拜。「各位，軍爺們對我們有恩，如今又肯留在這裡幫我們善後，這吃飯和睡覺的問題，咱們總要幫一把手。只是我如今心神散亂，實在操持不起來，還要懇請村長請大娘召集幾位娘子，幫忙操持一下。軍爺們已經搭好營帳準備露宿，咱們各家再勻些被子出來吧，雖是夏季，可夜裡山腳這邊仍有些涼。」

李鐵山聽了這些話，連連點頭。

「還是秀才老爺和秀才娘子想得周全，就這麼辦。我一會兒就安排下去，你們夫婦只管守著孩子，若有什麼事，就讓人去喊我一聲，我把事情安排完就過來。還有，你們看這小秀才老爺受傷的事，要不要讓人去楊家送個信？」

「對、對，我怎麼忘了這麼重要的事，我真是糊塗了。村長，麻煩你快……」梅氏突然激動起來，周秀才趕緊攔住她的話頭，疲憊地對著眾人笑了笑。

「那就麻煩哪位去楊家老宅報個信吧。儘量委婉點，別嚇到了小姑娘。」

李鐵山見這裡確實沒什麼危險，他留下來也做不了什麼，便向祈浩告了罪，帶人先行離開去安撫村民和安排這些軍爺今晚的食宿。

自從聽到有人喊「有土匪」，村裡就突然靜得可怕，所有人都躲在屋子裡，連那些收拾好包袱準備往鎮上逃的人家都不敢動彈了。

小秀一直心神不寧地待在老宅裡，她知道自己手無縛雞之力，就算再擔心周文，也不敢貿然跑出去給他添亂，可等待才是最磨人的。她一聽到外面有人活動的聲音，立刻就迫不及待跑到院子裡。

楊小雪緊跟著她跑了出去，一把拉住她。「小秀，妳想去哪兒？現在外面什麼情況還不清楚，妳不能開門，也不能出去。」

「我沒要出去，我就在這院子裡等消息。妳先進去吧，一會兒周大哥會來接我們的。」

雖然彼此之前根本沒有約定，但小秀就是知道，如果安全了，那個人一定會來接自己的。她不能跑出去給他們添亂，那她就站在院子裡等他。

這樣，她就可以第一時間看到他了。

第六十六章

姊妹兩人並肩站在院子裡，各自想著心事，靜靜等待著。

終於，有人開始挨家挨戶的敲門了，那被敲開門的人家大多都雙手合十，似乎在唸「阿彌陀佛」。

「看來是沒事了。」楊小雪終於放下一直提著的心。看來那些人果然說話算話，並沒有打算連累其他人，那就好。

知道村子安全了，小秀便繼續安然等著那人來接自己。

老宅的院門被人敲響，來報信的孫鐵柱一臉同情地告知周文重傷的消息，便一刻不敢停留，飛也似地跑了。他最怕看別人哭了。

小秀並沒有掉眼淚，她在家人的陪同下，一步一步走進周家。她覺得自己好像突然變成一個老人，每邁動一次步伐，都要使出渾身力量才行。

可當她站在周家的院子裡，與那人只有一門之隔時，她突然又清醒了過來，身上又有了力氣。她挺直腰背，直面著那扇房門。

門內，軍醫老常一臉汗水，才剛拔下周文身上的金針。

就在小秀和楊家人進院前，鎮上的陳老大夫帶著一位仙風道骨的道長一起趕到了。他們甚至來不及跟任何人打招呼，就直接進了屋子。

「將軍，老常不是說任何人都不能進去嗎？您怎麼連那個道士都一起放進去了？」

祈浩沒有搭理問他話的戰友。

他肯放人進去，自然是因為那兩個都不是普通人。他娘親多年的頑疾，就是陳老大夫不費吹灰之力治好的。至於那個道長的身分，他已經有了猜測，八九不離十就是那位正在雲遊天下的清虛道人。

「小秀姑娘，妳怎麼過來了？」祈浩站在後面看了半天，才上前去跟小秀打招呼。

小秀只是朝他輕輕點了點頭，便又轉過身盯著房門。她的眼睛紅紅的，卻沒有流淚。

梅氏拉住小秀冰涼的手，向祈浩介紹。「祈小將軍，這是我兒子的未婚妻，她這會兒心裡不好受，你別見怪。」

「未婚妻？這……」祈浩後面那句「不可能」被他生生吞了下去，隨之一同嚥下的，還有他心中的苦澀。

「他們兩人前幾天剛訂親，婚期定在十月初六，到時候我讓夫君找人給祈小將軍捎個信，若是你得空，還請賞光過來喝一杯喜酒。」

祈浩尚未應下，那緊閉的房門就開了。

清虛推開門走了出來，又重新將門關緊，這才朗聲說道：「這位小兄弟呀，想喝喜酒不用等那麼久。周老弟呀，我看這幾天就把兩個孩子的婚事辦了吧。令公子最近運勢不太好，這血光之氣重了些，要是此時能有什麼事沾點喜氣，化解這血光之災，再好不過了。」

楊家人也都過來了，但都沒有上前，只站在不遠處，默默祈求周文能平安無事。此時聽了清虛的話，楊有田和徐氏才走了過來。

「道長，文哥兒現在如何了？若是讓小秀和文哥兒這幾天就成親沖沖喜，文哥兒是不是就能好起來了？」

清虛手握拂塵，含笑點了點頭。

「那成，就把婚期提前。您看哪天日子合適，咱們就定在哪天。」楊有田毫不遲疑地允諾。

梅氏和周秀才對視一眼，都有些遲疑。清虛既然提出要沖喜，自然有他的理由，可他們起碼得把事情和楊家說清楚，把文哥兒的真實情況告知人家，而不是像現在這樣什麼也不說，就誘騙人家答應沖喜的事，這可關係著人家小姑娘的一輩子。

梅氏朝周秀才點了點頭，周秀才便上前一步，對楊有田夫婦行了個大禮，正要開口，屋子裡和院子裡同時響起了反對聲。

軍醫老常道：「胡說八道，你這道士怎麼能騙人呢？」

「二叔，這事不能答應。」楊小雪一邊高聲反對，一邊跑了過去。「二叔，這事您怎麼能隨便答應呢？這道士剛才一句沒答周少爺的病情，他現在如何了？傷得重不重？有沒有生命危險？什麼時候能醒過來？這些問題您都沒問清楚，怎麼能隨便應下？要是成了親，他仍沒醒來怎麼辦？二叔，您這樣會害了小秀的。」

老常則在屋子裡狠狠踹了兩下房門。「小姑娘沒有說錯。老道士，你趕緊把門給我打開，你這簡直是胡說八道，這不是坑害人家小姑娘嗎？」

所有人面面相覷的時候，楊順子已經默不作聲的繞過眾人，把不知道什麼時候被門上的房門打開了。

老常乘機衝了出來，小秀則和他錯身而過，衝進屋裡。

眾人卻沒空管她的去向，圍上來的楊家人都眼巴巴的看著老常。老常怒氣沖沖的瞪著清虛，大聲嚷嚷起來。

「你們別聽這個不知道從哪兒冒出來的老騙子的話！我行醫這麼多年，就沒聽說過哪個病患治不好，去騙一個小姑娘來沖喜就醒過來的！我實話跟你們說，裡面的人本就纏綿病榻多年，底子早就被掏空了，今日又受了重傷，如今只剩下一口氣吊著。我的金針和那棵百年老參，也不過是幫他拖上幾日罷了，你們還是早點準備後事吧！」

清虛不自在的摸了摸鼻子，老常衝著他冷哼一聲，又轉向楊有田夫婦。

「你們若是疼閨女，就別犯糊塗，趕緊把這門親事退了吧。一家子大人，還沒有一個小姑娘看得明白呢。」

那個被他誇了的小姑娘楊小雪，卻半點沒有欣喜之色，反而愣愣地看著從房中走出來、淚流滿面的小秀。

「道長，我願意現在就成親！我今天答應過他的，要早點成親。我們還說好了，過幾天一起去縣城買東西，一起過中秋節……所以，他一定會醒過來的。道長，我們明天就成親，行嗎？不然今天也行！」

第六十七章

被一臉淚水的小姑娘滿懷信任地盯著，慈眉善目的清虛頭一次有了一絲絲很快就隨風消散的心虛。

「貧道掐指一算，這成親的日子定在三日後的七月十六最為適宜。就請兩位大夫再辛苦一下，有什麼好藥儘管用上，務必要保病人到成親那日無虞。其他的，待成親那日，自有貧道接手。小姑娘如此有情有義，甚好，上天絕不會薄待有情人的。」

小秀聽到了想要的答案，抹了下眼淚，默默回身，關上身後的房門。外面人多，她怕會吵到周文休息，這樣把門關上，裡面就安靜了。

周大哥，我們就要成親了。你好好睡吧，休息夠了就早點醒來。其實我很害怕，害怕太多美好的事再也沒有機會和你一起去經歷。所以，請你一定要早點醒過來。

軍醫老常突然狠狠地衝著地上呸了一口。「這好好的去請大夫，怎麼請回一個坑蒙拐騙的野道士？連一個小姑娘都騙，真是喪良心！你敢不敢說，你是哪個道觀的？你出來招搖撞騙，你們觀裡知道嗎？口氣還挺大，還說有什麼好藥儘管用，那好藥是從天上掉下來的？」

老常越說越生氣，他一轉身，就拉住周秀才的袖子。

「這位秀才老爺，我跟你說，我那好藥可不是天上掉下來的，那都是要留到戰場上救命用的。如今你兒子用了我的藥，還有我的百年老參，你可得付銀子。那百年老參可是救命的好東西，最少值五百兩銀子，這還是在平時，要是性命攸關的時候，我就是要價一千兩也照樣有人買。聽說你兒子是為了探查土匪的情況才受重傷的？雖然他這事辦得實在有些不自量力還有點傻，但好歹也算一個少年英雄，這銀子我也不多收，你就給我五百兩吧，現銀或銀票都成，其他的藥就當我贈你的，不收你的錢了。只要你把我的銀子結清了，你願意沖喜就沖喜，願意被誰騙就屁顛屁顛給人家騙去，沒人攔你。哦，對了，剛才那位老先生的診費，你也得給人家結了。」

從名聞天下的國師，淪落成別人口中坑蒙拐騙野道士的清虛，依舊一副世外高人的模樣，眾人看向他的那些質疑的目光，他都默認成崇拜和信服。

本來老宅的人聽到小秀主動說出要趕緊成親的傻話，就已經夠糾結的了。要是小秀嫁過去，周文卻沒救過來，這丫頭不是要成寡婦了嗎？就算救回來，萬一有啥殘疾，那小秀日後的日子也要受苦了。這次，就連何氏都替楊有田一家犯起愁來。這不是讓人左右為難嗎？答應也不是、不答應也不是。

一大家還在糾結中，就被這五百兩銀子的藥費嚇懵了。

楊老太太著魔般不停嘀咕。「五百兩？哎呀，媽呀，五百兩銀子啊，怎麼這麼多呢？這怎麼湊得出來啊？」

小秀走過去，悄悄在楊老太太耳邊道：「奶，您別著急，沒事的，周叔會有辦法應對的，就算沒有，我也有法子讓周叔少花些銀子。」

周秀才苦笑著給老常行了個大禮。「多謝先生出手保住小兒性命，雖說大恩不言謝，可周某還是要在這裡先行謝過先生。至於那人參的錢，在下現在還真是付不出這五百兩銀子，還請先生寬限一些時日，容我想想辦法。」

老常受了他這一禮，卻板著臉嘟囔了一句。「暫時。我只是暫時保住了他的小命，我剛才已經說過了。」

周秀才又轉向清虛。「如今小兒的情況危急，這位道長說，能以喜事破小兒的血光之災，說實話，我和內人實在無法不心動。可是這事關係到人家小姑娘一輩子的幸福，我們不能為了自己的兒子，就硬要拖小姑娘下水，此事容我們兩家再行商議一番再做決定吧。而且，還請道長體諒，在下實在囊中羞澀，此時就算砸鍋賣鐵，再變賣媳婦的嫁妝，都湊不上這人參錢，更別說再給道長備上一份香油錢了，所以，這個……」

清虛一甩拂塵，回了周秀才一禮。「無量天尊！令郎重傷之際，能遇上貧道雲遊至此，就說明他命不該絕，這也是貧道與他的緣分。秀才老爺放心，貧道分文不收，只待令郎甦醒之日，給貧道備一桌素齋即可。」

周秀才暗自在心裡腹誹清虛一番。還準備一桌素齋即可？也不知是誰上次在他兒子屋裡大吃大喝還不過癮，還要天天半夜跑到山上烤肉、喝酒的？

楊小雪上前幾步，繞著清虛轉了好幾圈。「那道長還真是一副慈悲心腸了？既然這救人破災不收銀兩，那其他的呢？要作法事嗎？總不能三日後成親就有用了吧？小女子就是好奇，若是沖喜那麼管用，那前線的將士受了傷，為何還要設醫護所，乾脆找一堆媒婆在那裡等著，再把道長請去，誰受傷了，就給誰配一個新娘子，直接拜堂入洞房好了。」

清虛意味深長的看了楊小雪一眼。「小姑娘此言差矣，貧道可沒有說，所有事情沖喜都能管用，也沒有說這沖喜之人是誰都行。姻緣自有天定，能讓裡面的公子逢凶化吉的，只有剛才那位姑娘才行。否則，不但不能破除血光之災，還可能帶來更大的災禍。在這世上，有些事雖然超出人們的認知，聽起來匪夷所思，但也許就是真實存在的呢？比如那些生生死死、死而復生之事，比如那些命格奇特、不知來處之人。小姑娘，妳說是嗎？」

楊小雪的目光閃了閃，假作一臉思索後被說服了的模樣，退了下去，心裡卻慌得不行。

話未說完，再次被打斷的周秀才趕緊抓緊機會，對著楊有田夫婦也行了一個大禮。

「提前成親這事，我們不敢強求，畢竟誰也不敢保證成了親，文哥兒就能醒來，這事畢竟關係到小秀的將來，都是為人父母的，將心比心，無論最後哥哥、嫂子做了什麼決定，周某人和我家娘子都能理解。若是兩位同意成親，我們自然感激不盡，日後無論周家如何，我們都會待小秀如親生女兒一般；若是兩位決定為孩子們退親，我們也絕無二話，自會雙手奉上訂親文書和庚帖解除婚約。此事事關重大，兩位可以回去好好合計，再給我們一個答覆。」

楊有田擺了擺手。「還合計啥呀？我家小秀不是說了嗎？道長覺得哪天好，就讓兩個孩子哪天成親吧！總不能你們來提親時，我們覺得文哥兒這孩子哪裡都好，有這樣一個女婿長臉了，就應下了親事。如今孩子出事了，我們拍拍屁股扭頭走人，那成啥人了！」

楊老大忍不住偷偷踢了楊有田一腳，楊有田被踢了也沒啥反應，只是愁眉苦臉地站在那。雖然他壓根兒就沒想過毀婚退親，這話是這麼說的，理也是這麼一個理，可架不住他還是心疼自己閨女啊！

徐氏嘆了一口氣，走上前去，抱了抱梅氏。

「大妹子，妳放心吧，文哥兒那個孩子這麼好，老天爺肯定會保佑他的。既然道長說提前成親管用，那咱就提前成親，只要有希望，不管是啥法子，咱總得試試。我家小秀能幹孝順又懂事，我相信我閨女是一個有福氣的，老天爺也不會薄待她的。

「就是這事太突然了，成親的日子突然提前那麼多天，我有些慌，感覺有好多事要準備呢。大妹子，我看李大娘她們都過來幫忙了，我們就先不留了。你們好好照顧文哥兒，其他事都別想。我先帶小秀回去，我得請爹娘去家裡幫我合計合計成親的事呢，明天我們再過來看看孩子。唉，這可真是……上午還好好的，那會兒咱們玩得多高興，這好人怎麼就多災多難呢？沒事、沒事，會好的、會好的。」

徐氏轉身就風風火火地招呼老楊家的人一起走。「都去我家吧！我現在心裡亂糟糟的，小秀成親的事，還得請娘幫我參謀參謀。」

「娘，等我一下。」小秀走過去，對老常行了一個大禮。「多謝常大夫的救命之恩，也謝謝您為小秀打算的一片心意。只是小秀注定要辜負您的一片好意了，我和周大哥本就是未婚夫妻，自然要禍福與共。小秀也不怕被騙，我只怕周大哥無法醒來，所以不管是什麼法子，我都願意試一試。」

老常彆扭的轉過頭去。「隨妳便，與我何干？」

小秀又行了一禮。「還有一事，關於那人參的錢，我們兩家都實在拿不出這五百兩銀子，常大夫肯定也做不出見死不救的事，那不如咱們想一個讓您不會吃虧的法子？那一棵人參應該分量不輕，我看周大哥也只是含了一片救命，那咱們不如按片算錢吧？直到周大哥醒來，用了您多少人參，就付多少銀子，這樣剩下的人參您還可以帶走，去救他人性命，豈不是兩全其美？」

老常仔細想了下這個法子，竟然同意了。

「這樣也成，到時咱們就按片算錢。現在我就去試一試，看看一根人參能切多少片，到時候你們用一片就付一次錢，剩下的我帶走，現在好參可不好尋。」

楊家人走的時候，滿院子的人都不自覺向兩側移動，在中間給他們讓出一條路。小秀扶著楊老太太一步步向家裡走去，腳步雖有些浮，卻不再沈重。

直到最後，一直欲言又止的祈浩也沒有開口。

去而復返、帶著老娘和幾個親戚家的婦人過來幫忙的李鐵山，拍了拍周秀才的肩膀，一臉感慨。「周老弟呀，你這個親家選得好，真是好呀！」

老楊家的人都去了楊有田家，聚在一起準備商量小秀的婚事如何操持，可大家都悶悶的低著頭，誰也不肯先開口。這喜事弄成這樣，實在讓人歡喜不起來呀！

何氏見大家不說話，看看這個、瞧瞧那個，還是忍不住先開口了。

「我說二弟、弟妹，這親事就這樣定下來了？你們真不再想想了？我跟你們說，面子根本沒啥有，孩子往後過得怎樣才是最重要的。要我說呀，甭管那個文哥兒能不能醒過來，周家以後算是完了。雖然小秀想出了法子，不用給五百兩銀子，可那人參吃上三天，也得把周家的家底吃光。要我說，你們就去周家把婚事退了，等上幾年，讓小秀嫁去別的村子，照樣過日子。」

這次，連一向最好面子的楊老爺子都沒開口喝止何氏。楊有田和徐氏則習慣性地看向小秀。

「我不會退親的。我和周大哥既然定下親事，就應該遵守諾言，不離不棄。爹、娘，你們想一想，如果今日是我受傷，需要成親沖喜，可周家卻來退親，你們做爹娘的是什麼感受？娘，我想回屋去待一會兒，等等再來幫您做飯。」

小秀回到屋裡，抱著畫冊，又拿出她繡到一半的嫁衣看了看。這幾天，她最重要的一件事，就是要一針一線親手將這件嫁衣繡完。

見小秀回了屋，楊老太太上了炕，盤腿一坐，開始指揮。

「既然事情定下來了，咱們也別磨蹭了，趕緊分派事情吧。這操辦親事主要是男方那邊的事，咱們要忙活的也就是小秀的嫁妝。這事老二你們是怎麼打算的？我看依周家現在的情況，還是儘量準備點實用的吧！」

楊順子罕見地搶先開了口。「讓我先說兩句唄！」

楊老爺子點了點頭。「順子呀，你是咱家的長孫，遇事就得多開口。你說，我們都聽著呢。」

「我想把周家送來的聘禮銀子給小秀做壓箱底錢，還有那山雞，都是她養起來的，也當成她的嫁妝。只不過，現在文哥兒這種情況，咱要是把山雞直接當陪嫁帶過去，小秀沒空照顧，周家也沒地方養。我想過了，這山雞做小秀的陪嫁，咱們幫她再養一季，等到冬天賣了錢，再把那錢交給小秀。」

嫁妝的事，從小秀的親事定下來，楊順子就開始思考了。他不止一次聽到村裡的那些長舌婦說，是小秀高攀了人家小秀才老爺，所以他一直憋著一口氣，想給小秀多準備點嫁妝，讓她日後在周家能多一些底氣。

「爹、娘，你們放心，我都合計過了，馬上就要收糧了，咱家今年種的地多，扣掉交稅和交給周秀才家的，那糧食自家吃絕對夠。就算沒有這聘禮銀子，咱們的日子也過得下去。就算明年開春買不了地，那就再等一年，咱家雖然就這幾口人，卻個個能幹，連小虎現在都能做不少事了，咱們自己再辛苦兩年，攢點錢，買些荒地開墾出來養著，經年累月，咱的日子也能越過越好。倒是小秀嫁人後，還是要文哥兒早點好起來才行。」

楊順子難得主動說這麼多話，而且一聽就知道是經過深思熟慮的，眾人對他頗有些刮目相看。

楊有田大手一揮。「銀子和山雞的事就按順子說的辦！孩兒他娘，這兩件事妳都記下來。」

楊老太太抿了抿嘴，想說點啥，最後到底沒說。

「哥，這事你想差了，我不同意。」小秀抱著一堆東西走了進來。她剛才在門外聽了半天，楊順子說的話，她都聽到了。「我知道爹娘和大哥都是為了我好，周家現在的情況，大家也都知道，那聘禮銀子我就帶一部分走，剩下的還是留在家裡吧。眼看要收糧了，家裡的農具該修的修，該買的也得買，還有爹給我訂做的嫁妝箱子，如今要人家提前交件，是不是得加錢？至於我養的那些山雞還有將來賣山雞賺的錢，自然要歸家裡，到時候就用來買地吧。看要買山地還是荒地，爹，你們到時候再合計一下。

「哥，等我出嫁後，這山雞可就歸你和小虎管了，你們一定要把牠們養好。等你們養出經驗，有固定銷路，我再在周家後面圈一塊地養山雞。這就叫背靠哥哥、弟弟好乘涼。哥，咱家的日子過得越好，我在周家才越有底氣，這可和我帶幾兩銀子過去沒關係。

「至於我，不管將來怎樣，我都會把日子過好的。再說還有周大哥呢，他雖然不會幹農活，可他腦子聰明有學問，有學問的人能做的事情可多了。」

第六十八章

楊老太太平時很開明，也很疼幾個孫女，但是一聽到大孫子說要把周家送來的聘禮銀子都給小秀帶走，她心裡就一直不得勁，總覺得被周家占了便宜似的。畢竟孫女嫁出去就是別人家的人了，再說，那聘禮銀子可是要留給她大孫子娶媳婦用的。

沒想到，如今竟峰迴路轉，那銀子還能留下一些，楊老太太又高興了幾分，拍著炕沿給孫女打氣。

「小秀說得沒錯，這人呀，只要有那個心，再勤快一些，這日子怎麼也能過下去。咱們也別在這愁眉苦臉的了，趕緊好好幫我孫女合計合計，看看她這嫁妝都帶點啥好？只要過了冬，到明年開春，就啥都好說，再窮也餓不死。小秀呀，妳先說說，妳自己有啥想法？」

小秀把懷中抱著的布料放在炕上，她自己挨著徐氏坐了下來，安慰似地拉起徐氏的手。

「奶，時間緊迫，我自己只能把嫁衣和蓋頭繡好，枕巾和喜被我想請三嬸幫忙。」

在老楊家，劉氏和楊小雪的針線活做得最好。楊小雪還沒出嫁，小秀請長輩幫這個忙，完全沒問題。楊小雪卻因為自己心虛，下意識就覺得小秀這是在疏遠她。其實她還真沒想錯，小秀還真是不想讓她插手任何事，就怕她又出什麼么蛾子。

「成，回頭讓順子去鎮上接妳三嬸，請她回來住幾天，等妳成了親再回鎮上。以妳三嬸的手藝，這些東西兩天就能繡完。」

小秀聽楊老太太她們把需要的東西細數了一遍，想了一下，這才開口。「衣裳和鞋子就先不做，布也先不買，反正我帶了銀子過去，等周大哥醒了，我再將這些東西補齊，到時候正好直接做厚衣裳換季穿。」

全家人興致都來了，也加入討論。

待人都離開，小秀又和楊有田夫婦提了一件事。

她想和周家商量，這喜宴就先不辦了。辦喜宴不過是一個形式，現在大家都沒有那個心情，也沒那些銀子。現在唯一的大事就是周文能醒來，其他的都不重要。

楊順子便跑了一趟腿，跟周家轉達了這個意思。

第二天天光微亮，一家人就起來忙碌了。

只有小秀突然閒了下來，一門心思的躲在屋子裡繡嫁衣。

這次，周家和楊家都不準備席面了，村人也能理解。換作誰家遇到這樣的事，也沒招待客人的心情。這樣一來，各家也不用準備銀錢隨禮了。

有那些和楊家親近的人家，便決定提前送些賀禮過來。東西不多，也不貴重，不過是一些自家產的雞蛋、麵條、青菜之類的，卻也是一份心意。

從近傍晚開始，楊家便陸續有人上門。幾個村裡和小秀年齡差不多、曾經一起上山採蘑菇的小姑娘也上了門，送上自己繡的鞋面、手帕之類的小東西。

二丫這次送小秀一副銀耳釘，還送了她自己編的竹門簾，小秀見了很是喜歡。

添妝禮送得最貴重的人是楊小雪，她直接拿出一對銀鐲子給小秀添妝，除了這鐲子，她還附贈一番話。

「小秀，我知道妳是因為什麼才這麼有底氣，一心一意要嫁去周家，但是有些事很可能和妳『從前』知道的那些不太一樣。比如這周家人的身分，以前咱們覺得這秀才老爺已經很了不起了，但要是他們的身分不止如此呢？」

這「從前」兩個字，楊小雪是加了重音的。她觀察了這麼久，已經猜出來小秀可能也是一個重生者了。

「算了，既然妳已經決定了，那就當這是一場豪賭吧！賭贏了，以後就是錦繡前程；賭輸了，妳就想辦法保住自己的小命回家來吧，我想二叔、二嬸是不會眼看著妳沒飯吃的。」

楊小雪是後來才聽說那些「土匪」都被滅了，這一次，她也不知道該如何猜測周家人的身分了。也許，周文才是那個最終的大BOSS，這個世界的男主？既然如此，倒不如任由小秀去賭一場吧！

小秀將那對鐲子拿起來，放回她的手裡。

「鐲子我就不收了。妳送這個來，大伯娘不知道吧？倒是妳說的那個生意，什麼時候做？我家白菜、辣椒可沒少種，妳什麼時候要做生意了，記得喊我一聲，就算妳給我添妝了。」

最後來添妝的人，是何氏和劉氏這妯娌倆。兩人一人拿出一個荷包，裡面裝的都是一百文錢。

「我們兩個想了半天，覺得送什麼也不如銀子實惠。這錢妳收著，做壓箱底錢，日後應急用。」

小秀在心裡記下了誰送的添妝、都送了什麼，便藉機躲回屋裡接著繡嫁妝了。

成親那日，駕車來迎親的人是周小武。陪同周小武來的，還有村長李鐵山家裡的幾個子姪。

楊順子將小秀揹上馬車，小秀大伯家的兩個堂弟，還有幾個相熟人家的半大小子挑著她的嫁妝，跟在馬車後面，向周家走去。

挑擔的少年們一路上嘻嘻哈哈笑個不停，再加上那些拍手跟著馬車跑的孩子的笑聲，場面熱鬧得很。

周家準備了一些糖果，給上門的客人每人抓上幾顆，惹得村民們一陣驚喜，孩子們更是興奮。

拜堂的地方直接設在了新房，就是周文的那間臥室。原本兩家商定好的，拜堂也由周小武代替。這在大慶朝也是允許的，不算不合規矩。可是沒想到，去迎親的周小武才出發，周文就醒了過來，惹得早早前來準備觀禮的村民嘖嘖稱奇。

不過，周文也只是勉強支撐著在周秀才和小武的攙扶下完成了拜堂儀式。饒是這樣，周、楊兩家人也高興壞了。清虛卻一點也沒有高興的意思，反而皺著眉頭站在院子裡，好像誰招惹到他一樣。

儀式一結束，新郎就被扶著躺回床榻上。

客人們看著新郎勉力掀開小秀的蓋頭，都匆匆誇讚了幾句小倆口的樣貌便告辭了。大家都看得出來，就這麼一會兒，新郎倌的臉色便越發蒼白了。

蓋頭被掀開，小秀看清周文強自支撐的模樣，差點落淚。

周文拉著她的手，笑得竟然有點傻氣。「真好，終於成親了，以後想什麼時候見媳婦就什麼時候見。」

一身紅色的新郎倌禮服，把周文的臉色襯得更加蒼白了。他的聲音越來越小，卻捨不得閉上眼睛。

「別擔心，我的傷不礙事，我就是累了，要多睡一會兒。等我好了，要賺好多銀子，然後我們再成一次親，給妳買最漂亮的衣裳和首飾，還要把喜宴辦得熱熱鬧鬧的。」

「我不怕，有你在，以後再也不會怕了。」

小秀看著他再次昏睡，心裡卻沒有一絲慌張。她莫名知道，他還會再次醒過來，然後會一點一點好起來，像從前那樣，不，比從前更好，真正的好起來。

第六十九章

現在的天氣，到了中午還是挺熱的。小秀喊了小武進來幫忙，兩個人一起幫周文脫下喜服，小秀自己也換上一身家常衣裳，出了房門，去見梅氏。

在十里屯，沒有新娘子一直待在屋裡，直到第二天早上認親才能出門的習俗。正好相反，在這裡，很多新娘子嫁進來第一天就要給婆家人做一頓豐盛的晚餐，藉此展現她的手藝。所以小秀見周文睡得很安穩，便出門了。

剛才拜堂的時候，梅氏受了一對新人的拜禮，當堂就落了淚，差點哭倒在周秀才懷裡。小秀能理解她的心情，明明是兒子的大喜之日，少年郎一生最重要的日子，周大哥卻情況危急，隨時都可能有生命危險，連拜堂都要別人攙扶著，婆婆心裡的悲喜交集，可想而知。

小秀很擔心她這個柔弱無比、隨時都可能哭暈的婆婆。此時，她無疑是這個家裡最需要有人陪伴、呵護的，所以她打算先過去陪婆婆說說話、安慰她，然後再去收拾東西，準備晚飯。

而此時，那個小秀想像中可能快要哭暈了的柔弱婆婆，與她那個文質彬彬的公公因為明口新人敬茶的事，產生了一點小小的「分歧」。

柔弱美人倚靠在窗邊，眼睛微紅卻氣勢逼人的用眼神逼迫著秀才老爺翻箱倒櫃，好從箱子中找出一身讓她覺得滿意的衣裳，明天敬茶的時候穿。

周秀才一邊磨磨蹭蹭的翻找著，一邊還在試圖說服自家「娘子」。

「這事咱們再商量商量，成不？畢竟文哥兒的身分擺在那裡，他親爹又好好的待在京城，我今天都已經受新人一拜了，明日再坐在高位接受小倆口的敬茶，是不是有點不太合適？明天敬茶的時候，我還是不去了吧？正好，我剛想起來，明天我還得和暗衛那邊商量一下布防的事，那些當兵的都被村長安排到各家去住了，剩下的那一小隊人馬也去了後山，沒人會留意敬茶時我有沒有坐在高位上，到時候我就……」

梅氏手上的扇子依舊不疾不徐地搧著，拒絕的話卻格外斬釘截鐵。「不行，不管文哥兒是什麼身分，他都是你辛苦好幾年拚了命才保下的『兒子』，你都是他親口承認了的『爹』。至於他那個所謂的親爹，你就當他不存在好了。要是過兩天來的不是護衛而是殺手，那你就是他唯一的『爹』了。」

周秀才覺得自家「娘子」這話哪裡怪怪的，然後有點小感動，又有幾分惆悵和心酸。

直到現在，他還清晰地記得，當年他剛剛接應這母子三人一起離開京城的情形。

馬車裡，遭遇變故變得麻木冷漠、無力起身的少年，以及懵懂無知的小不點，還有那個驚惶無助卻只能苦苦支撐的師妹。轉眼間，幾年時間過去了，如今少年已經成家，卻仍然沒能擺脫命運的捉弄。而他和她，雖然同處一室，卻仍然隔著遙遠的距離。

梅氏想到的卻是當年她成親時的情景，那個歡喜到走路同手同腳的少年、那個滿心喜悅、羞澀的自己，那時的他們，又怎會預料到後來的互相怨恨，甚至刀劍相向？

在她的逼問下，清虛終於含糊地承認了，他並沒有十足把握這次「沖喜」會成功。若是成功了，從此他們便不再受制於人；若是失敗了，文哥兒活不過三日。

所以，成親前一日，昧不過自己良心的她還是偷偷去見了小秀那丫頭。雖未直言緣由，卻翻來覆去地給她講明了厲害關係，並告知小丫頭，現在回頭還來得及，周家會保住她的名聲，主動提出退婚的。

那個丫頭當時是怎麼回答她的來著？

「我不想反悔，我只想珍惜眼前人。如果只剩下最後一天，我就珍惜這一天，把這十二個時辰當成一輩子去過。」

還在故意磨磨蹭蹭的男人被突然衝過來的梅氏撲倒在床上，兩人保持著詭異的女上男下的姿勢沈默了片刻。梅氏眨了眨眼睛，一邊用腳勾起一件深紫色的長衫，一邊去扯他的衣裳。

「明天就穿這件紫色的袍子，我也穿一身紫色的衫裙。」

「別別別，師妹，我自己來就行，妳先讓我起來吧，這光天化日的，被孩子們聽到了多不好。」

「有什麼不好的？要麼我幫你脫，要麼你自己脫，別想糊弄我。男人果然都是靠不住的，當年是誰說什麼都依我、什麼都聽我的？這就嫌棄我了？還躲到堂屋去睡？說，你是不是想始亂終棄？別停，快點脫。」

走到門外剛要敲門的小秀。「……」

早就聽到門外有人來的周秀才。「……」

屋子裡突然安靜了下來，被臉色通紅的男人捂住嘴的梅氏眨了眨眼睛，接著突然伸腿使勁蹬了蹬床鋪，試圖弄出一些容易讓人誤解的動靜來。

小秀滿臉通紅地退去後院，東張西望看起了風景。她只是想當一個孝順的好兒媳婦，卻貌似聽到了不該聽到的，嗚嗚嗚……

聽到門外的人離開了，屋子裡又安靜了片刻，然後傳出一陣放肆的大笑聲。

臉色通紅的周秀才站在床邊，一臉無奈。笑著的人卻突然撲進他懷裡，無聲大哭起來。知道今日是周文生死大關的，只有清虛和他們兩個，梅氏心中的壓力可想而知。周秀才終於勇敢了一回，將哭成淚人兒的師妹緊緊擁在懷裡。

淚美人恢復了正常，立刻過河拆橋，躲得遠遠的。不過，人家倒也坦誠。「師兄，我沒事了，每次欺負完你，我的心情就好多了，謝謝啦！」

周秀才除了苦笑，還能怎麼樣呢？誰讓這個毛病就是他打小給慣出來的。

「不欺負你了，我得出去看看，可不能把小丫頭嚇跑了。」

梅氏找好藉口，就跑了出去。周秀才已經習慣了她這種不負責任的行為，這次連黯然失神都顧不上了，畢竟晚上還有一場硬仗要打呢。

不小心聽到公公、婆婆壁腳的小秀在後院晃了一會兒，臉上的熱度才慢慢散去。

把院子逛了又逛，直到聽到梅氏喊她，小秀才轉回去。梅氏看到小秀後，一臉笑咪咪，鎮定得很，倒是小秀先臉紅了。

「秀兒啊，鄉親們送了不少東西，我都讓人放在廚房了，妳喊小武過來幫妳理一理。」

小秀爽快地應下就往廚房去了，她原本也是這麼打算的。除了鄉親們送的東西，她的嫁妝裡有好多吃的、用的，也得整理出來。

「婆婆，等我收拾完了就做飯，下晌您和公公想吃點什麼？還有那位道長的飯菜，要單獨準備嗎？我不會做素齋，清炒幾樣青菜行嗎？炒的時候能放油嗎？那位道長能吃雞蛋和魚嗎？要不，今天的菜我就不放肉了，待會兒我單獨給周大哥熬一碗魚湯，您看這樣安排行嗎？」

梅氏笑咪咪地拍了拍自己旁邊的位置，示意小秀過來坐。

「ㄚ頭呀，妳這想法不錯，道士就得專心修道，嚴於律己，酒肉不沾。不過呢，今兒就算了，妳和文哥兒大喜的日子，咱們就好好大吃一頓慶賀慶賀，也給道長放個假，讓他改善一下伙食。等等妳多做幾道肉、菜，不用節省，能多豐盛就多豐盛。要是有豬肉，妳就再做一次那個烤肉，多調點那個醬料。」

上次清虛過來時，正好趕上小武他們殺了那頭野豬，那鐵板烤野豬肉，清虛可是一直念念不忘呢。梅氏打的主意，是先用美食把某個饞嘴道士餵飽了，順便讓他吃自家的嘴短，晚上作法的時候好賣力點。

見小秀像似明白了自己的意思，梅氏便衝著小兒子那屋喊了一聲。「周小武，快出來給你嫂子幫忙！」

正在補功課的周小武聽了老娘的召喚，立刻屁顛屁顛的跑了出來，一臉笑的鑽進廚房。先進了廚房的小秀正望著一地的東西發呆，她覺得她需要先給自己弄塊地出來落腳。

整理東西前，小秀先讓小武把禮單拿來，兩人一邊對單子，一邊收拾東西，配合得很不錯。

最貴重的賀禮是村長家人今早帶來的，一條五花肉足有四斤多，還送了四條魚——兩條鯽魚、兩條鯉魚。

收拾得差不多後，小秀先把那一大塊肥瘦相間的五花肉切成片，用料醃上，又切了一小塊肉，準備等等燉豆角用。兩條鯉魚準備紅燒，鯽魚則拿出一條給周文熬湯喝。剩下一條魚和剩下的肉一起抹上鹽，用籃子吊在陰涼地方的屋梁上。

備好菜，小秀先回屋看了看周文的情況，見他睡得還算安穩，額頭溫度也正常，只是身上微有汗意，小秀便用木製的小勺子給他餵了一些溫水，然後才出去繼續忙。

晚飯很豐盛，但飯桌上的氣氛卻怪怪的，小秀總覺得大家都在偷偷看自己，弄得她莫名緊張起來。果然，飯後周小武就被趕回屋裡，其他三人則圍坐著，給小秀講起了「故事」。

梅氏道：「男人有錢就變壞，這話說的果然沒錯。想當年，那個混蛋到我家苦苦哀求娶我時，可不是他後來那副嘴臉。也怪我傻，被他騙了，他信誓旦旦的說，那個女人他根本看不上眼，他有我們母子就夠了，只是那是一個重要的生意夥伴送的人，他推脫不得，我就信了，同意了他納妾的事。誰想到，那個負心漢和他的小妾平日裡欺負我還不算，還暗害我兒子，那手法惡毒得很，要不是遇到了道長，我到今日都不知道他們是怎麼下手的，我還一直傻傻以為，文哥兒真的是生病了。我帶著重病的文哥兒被掃地出門的時候，只覺得天像塌了一樣，還好有師兄一直不離不棄，收留我們母子，又不嫌棄我，和我結了秦晉之好。唉，都怪我生性太柔弱，沒能護住文哥兒。」

某人的師兄和清虛。「……」

其實人家也沒亂說，這故事大半都是真的，只不過裡面人物的身分換了一下。比如那位有錢就變壞了的大慶唯一的異姓王、他那位推脫不得的生意夥伴皇帝陛下，以及膽敢暗害嫡子的小妾，還有曾經的蘇側妃、如今的王妃娘娘，除了身分換了，其他的一點都沒冤枉他們。

對小秀來說，壞人是誰並不重要，重要的是周文如今的情況。

「所以，周大哥其實不是身體不好，而是中毒了？他現在身上的毒還沒解嗎？是不是因為這次受傷才變得更嚴重？那我們現在能做什麼，去找解藥嗎？」

三個人互相看了又看，最後清虛擺出了個世外高人的姿勢，來答疑解惑了。

「呃，其實他不是中毒，他的情況要比中毒複雜太多了。不過，還好他遇到了妳，這劫難才終於有解了。」

第七十章

小秀一聽說自己能解周大哥的「劫難」，能助他早日康復，立刻打起十二萬分的精神，端正坐好，雙眼亮晶晶地看著面前剛才吃得滿嘴流油，現在卻仙風道骨的道長。

看在清虛眼裡，這成了小姑娘對他滔滔不絕的崇拜，以及「完全聽憑道長吩咐」、「我一定好好配合」的態度。清虛滿意地清了清嗓子，又摸了摸根本就不存在的八字鬍，一臉高深莫測。

「小娘子別急，周公子雖說命中注定有此劫難，但他現在如此，主要還是惡人作祟所致，所以我們得先解開惡人在他身上動的手腳。還好你們遇到了本道長，如今我已摸清對方的害人手法，已有對策，且聽老道先跟你們仔細講一講。」

雖然清虛把事情講得玄之又玄，小秀還是神奇地聽懂了。

她自己總結了一下——有人想害周大哥，拿了一件對他來說特別重要和他命運相連的東西，在那件東西上動了手腳。按小秀的理解，就是類似巫蠱之術，對方可以透過那東西控制周大哥的病情，查找他的行蹤，甚至可以害他性命。如今道長要做的，就是讓對方手裡的那件東西失效，並且在舊東西失效的那一瞬間，做出一個一模一樣的東西替代原來的，這樣就可以幫周大哥擺脫對方的控制。然後道長再幫周大哥改改運，他的身體和運勢就都會好起來了。

梅氏才聽了一個開頭，就已經知道那件對文哥兒來說特別重要的東西是什麼——他的命牌，周家嫡支才有的命牌。

這是忠勇王府的一個秘密，只有府中歷任家主還有嫡長子才能知曉。周家的嫡子出生後，就會擁有一塊屬於自己的命牌。這塊命牌會一直被保管在周家一個最隱秘的地方，家主可以透過命牌，探知令牌主人的吉凶生死。

梅氏怒火中燒的時候，小秀卻很認真地思考。她總覺得這個道長說的這些東西，好像有不對勁的地方。現在周大哥還在昏睡，在他醒來前，她要替他多想一些。

「道長，你的意思是說，那些人拿了那件東西，就可以控制周大哥嗎？除了能讓他生病，還能讓他怎麼樣？如果那些壞人直接毀掉那個東西，周大哥會死嗎？還有，這次的黑衣人也是那些人派來的嗎？所以根本就沒有土匪吧？他們是想殺死周大哥嗎？那以前為什麼不動手，只是害他一直生病呢？是因為之前他們想讓周大哥做什麼他不願意的事情，現在又不需要他做了，所以派人來殺他？」

小姑娘清澈的聲音響起，彷彿一盆冷水當頭澆下，梅氏心中的怒火「啪」的一下就熄滅了。她看著這個她剛剛替兒子娶進門的兒媳婦，驚得說不出話來。

周秀才和清虛也有些驚訝，再細想小秀剛才的問題，三人互相看了看，都覺得渾身發涼——小姑娘歪打正著，提醒他們一個從未想過的可能。

清虛笑了一下。「這個嘛……貧道就不清楚了，貧道只會看相算命和救人改命，其他的可不歸貧道管。小娘子接下來只管聽我吩咐就是。只要按我說的做，周公子必定化險為夷，從此平安康泰。」

小秀的大眼睛眨了又眨，一臉不好意思地問：「那為什麼是我呢？為什麼我能讓周大哥逢凶化吉？」

「因為小娘子的命格好呀，是傳說中的旺夫命。」

小秀轉身，一臉認真的對梅氏道：「婆婆，這個道長真的可靠嗎？他現在的樣子，真的很像戲文裡那些騙吃騙喝的假道士……婆婆，我感覺你們可能被騙了。」

要不是心裡藏著心事，梅氏現在肯定拍桌子大笑。可是現在嘛……她瞇著眼睛想了想，決定給這個突然讓自己刮目相看的兒媳婦透一點底。

「被壞人拿走的那件東西與文哥兒的本命相連，可以幫他們探知到文哥兒的吉凶生死，但是並不能反過來用。也就是說，他們不能透過損壞那件東西而傷害到文哥兒本身。我們這次就是想將對方手中的東西毀掉，把那上面與文哥兒的關聯切斷，這樣他們就不能透過那件東西害文哥兒生病了。

「不過妳說的對，他們之前的確是有所求，他們想逼文哥兒聯姻，藉此插手家產之爭，要麼控制文哥兒，要麼控制他的兒子，然後一點點吞併周家。至於現在，也許他們有了一個可以代替的人選，所以文哥兒還在不在就不重要了。

「這位道長雖然貪吃又不可靠，但他的師門的確厲害，那件東西就是他的師祖為文哥兒做的，只有他有，那個小妾生的孩子是沒有的，所以他們是不能繼承那份家業的。」

這是第一代忠勇王留下的規矩，無命牌的非嫡支後代不能承繼王位，而只有獲得老家主認可的王位繼承人，才能拿到那塊號令三軍的兵符。所有人想要的，不過是這一塊兵符罷了。而忠勇王府是不能交出這塊兵符的，因為當今這位陛下，心胸狹隘，多疑易怒，這樣的皇帝是絕對容不下沒了兵權的忠勇王府的。

那位昏君之所以到現在還沒動手，不過是因為他還沒有得到那塊開國皇帝賜予周家的能統帥三軍的兵符罷了。

當然，後面這些，梅氏自然不會告訴小秀。

「哦，我知道了，那就辛苦道長了。」

小秀覺得這裡應該沒有自己的事了，便主動提出想回屋休息一會兒。有些事，她的確需要消化一下。

見梅氏點了頭，小秀便起身準備離開。臨走前，她笑咪咪的問清虛。「道長，若是今日事了，您會馬上離開嗎？我聽說隔壁村子有獵戶進深山了，若是他們這次能獵到什麼野味，我可以給道長做幾頓不一樣的大餐，藉此表達一下我們家人對您的感謝。」

清虛點了點頭。「小娘子不必擔憂，貧道自會留下，直到周公子徹底康復，劫難解除為止。」

梅氏一臉慈愛地目送小秀回新房，關上房門，這才一拍桌子，怒目看向清虛。「清虛老道，你是不是早就知道他們拿了文哥兒的命牌，在上面動了手腳？怪不得以前你說話總是那麼不著調呢，今天說文哥兒是中毒了，你要去給他找解藥，明天又說他可能是被人種了蠱，後天又說什麼必須找一個生辰八字和那個公主一模一樣的姑娘，你才能將他們的姻緣替換，文哥兒才會有救。看著我們母子被你騙得團團轉，很得意吧？

「我問你，那個混蛋是什麼時候把文哥兒的命牌交出去的？他拿文哥兒和那個昏君做了什麼交易？我想起來了，是不是那年文哥兒大敗西蠻，從戰場回來的時候？不對，應該沒有那麼早，是蘇嫵向我提出將安樂嫁給文哥兒被我拒絕了之後？」

清虛收起剛才的裝模作樣，指著梅氏，長嘆一口氣。「妳呀，都是當婆婆的人了，怎麼還是這副脾氣？真是和妳那個師父一個樣，沒大沒小的。文哥兒這病蹊蹺，我自然知道，可我法子想盡了，卻還是幫不了他，最後實在無法可想了，我動用宮裡的一條暗線，這才查出了點眉目，發現問題是出在文哥兒的命牌上。文哥兒當年年少輕狂，忠勇王不在陣前，他竟然就敢動用兵符，替父出征，還統帥大軍把西蠻人打回老家，打得他們最少十年無力進犯大慶。從那時起，忠勇王府這場禍事就已經注定了。邊關少了一大強敵，那守邊的是哪家就不重要了，皇帝老兒自然要收拾你們了。這個傻孩子，他怎麼就不想想，大敵當前，王爺怎麼會那麼巧就不在陣前呢？」

梅氏雖然不拍桌子了，卻更加不高興了，她可是最護短的，哪能聽人家說自己兒子做錯了，哪怕對方是她名義上的師伯也不行。

「師伯這話說的真是奇怪，難道為了保住周家未來十幾年的安穩太平，文哥兒就應該故意放任強敵時不時侵擾我邊關，欺辱我大慶百姓嗎？我想，就算文哥兒知道會有這一天，再讓他選擇一次，他還是會這樣做的。我兒子這樣，才是真正的男子漢。如果忠勇王府在保家衛國這事上存了私心，那還有何臉面繼續掌管這塊兵符？有何臉面當這三軍統帥？有何臉面當大慶的定海神針？」

周秀才拉了拉她的袖子，示意她別激動，先坐下來喝口茶。

看著她漸漸平靜下來的面容，周秀才語帶苦澀的開了口。

「師妹，這件事的起因應該就像師伯說的那樣，是文哥兒那一場足以載入史冊的大戰，讓皇帝下了除掉忠勇王府的決心。王爺當年會主動說出命牌的秘密，又把文哥兒的命牌交出去，又放任蘇側妃在府中坐大，肯定是因為當時出現了會威脅到忠勇王府的致命危機，讓他才不得不行此下策。

「那個時候，皇帝怕是不只起了心思，還有所動作，被王爺察覺了。王爺並無反心，當時大慶又剛經過一場大戰，正應該安定民心、休養生息。王爺不想在那時和皇帝對上，引發戰火，這才不得不一再退讓，換來這幾年的喘息。」小秀剛才那一連串問題，讓周秀才不得不有了一個十分驚人的猜測。

第七十一章

第二天早上，小秀在晨光中被雞鳴喚醒。她緩緩睜開眼睛，側頭望去，身邊的男人依然在沈睡中。

她悄悄伸出小指去勾那個人的手指，然後輕輕閉上眼睛，靜靜躺了一會兒，這才起身。新的一天開始了，家裡的每個人都在時刻期待著周文的甦醒。

而此時的京城，皇帝的寢宮中，那位突然因為「身體不適」暫停早朝的皇帝正一邊咒罵，一邊腳踹傳說中備受聖寵的蘇貴妃。

往日盛氣凌人的蘇貴妃，形容狼狽的蜷縮在地上，哭得姿色全無。

「妳這個賤人、賤人！誰給妳的膽子，讓妳竟敢背著朕擅自作主？誰讓妳對他動手的？不但動手，還直接把人弄死了？妳這個蠢貨，妳以為周義山這些年真對他那個嫡子不聞不問，一點也不在意？如果真是那樣，朕為什麼還要留下這樣一塊沒用的牌子在手裡？啊？」

身為九五至尊的男人再一次意識到，他真的老了，他不過踢了這個賤女人幾腳，就累得直喘氣。可一想到周家小子那塊昨天夜裡突然碎得不能再碎的命牌，他就再次心頭火起。

周家人的命牌碎了，就代表人已經沒了，他這幾年用來壓制周義山的籌碼就這麼沒了。這還是小事，最重要的是，如果那個男人得知他的嫡子是在回京大婚前被自己這方的人給弄死，很可能會產生警覺和戒備，那他籌劃已久的事很可能就會被察覺，讓周家有了防範。這個打草驚蛇的蠢女人，他就不該讓她知道自己給那個周家小子準備替身的事。

一身黃袍的男人越想越氣，惡狠狠的再次上前一步，狠狠扯住蘇貴妃的頭髮，扯著她的頭就往地上撞去。

「朕當時是怎麼說的？朕是不是說，讓妳的人找到人後，客客氣氣地把人帶回來，一路上安排得周全妥帖些，到了京裡，務必要讓老周看到他那被照顧得無微不至的兒子，這樣朕才好找他『談談心』。妳呢？妳和妳那個蠢奴才到底做了什麼？人沒接回來，還弄死了。你們蘇家現在真是翅膀硬了，竟敢自作主張，乘機下手，這是把朕當成病貓了吧?!」

蘇貴妃此時半句不敢辯解，只是拚命求饒。

一刻鐘後，太監總管見裡面終於消停，這才戰戰兢兢的帶人進去將地面收拾乾淨，又召太醫來給蘇貴妃包紮傷口。

「陛下，求您聽臣妾說兩句，臣妾不敢辯解，只是汪全那個狗東西雖然有些身手，但沒有臣妾的命令，他絕對不敢闖下如此大禍的，而且他已有好幾日不曾傳回消息了，臣妾懷疑他那邊出了什麼事。陛下，這次的事真的不是臣妾讓人下的手呀，安樂心心念念想要這駙馬，臣妾也為此努力了這麼多年，怎麼會在這時候讓自己前功盡棄呢？

「陛下，這事蹊蹺得很，臣妾越想越覺得害怕。那個鄭雨前些日子不是也出京了嗎？說不定就是他們忠勇王府自己下的手，想乘機誣衊到臣妾和陛下身上，好藉機向陛下發難啊！

陛下，忠勇王府一直拒絕交還兵權，就已經說明他們有不軌之心了，只是陛下一向待他們寬和，他們不敢輕易動手，怕落得一身罵名，將來不能服眾，這才……陛下，不可不防啊！」

蘇貴妃儘量讓自己看起來很卑微，她甚至爬行到皇帝的腳邊。

「陛下明鑒，下手的人用心險惡，肯定是想陷陛下於不義，還請陛下早做決斷呀！」

皇帝聽了她的話，竟然呵呵笑了。「忠勇王府的人下的手？周義山又不蠢，他唯一能繼承王位、調動兵符的兒子若是死了，他也就玩完。就算真是那邊的人動手的，也是妳的好妹妹派過去的吧？那個周家小子的行蹤，不就是她查到消息後告訴妳的？一家子的蠢貨！」

皇帝沈默半晌，終於下定了決心。

「妳前些日子不是一直說心口疼不舒服嗎？既然如此，從今天開始，妳就閉宮不出，好好養病吧！還有妳宮裡那些奴才，妳心裡有數吧？若是命牌的事傳出去一絲風聲，壞了朕的大事，妳和蘇家人就直接去地下團聚吧！」

蘇貴妃聽到這樣的結果，卻暗中鬆了一口氣。

看來這個老廢物終於下定決心對忠勇王府動手了，她還真怕他因為自己這邊不小心打草驚蛇，又縮回去不敢動了呢。等手握重兵的周家被滅，她自然有辦法讓這個老廢物給自己兒子讓位。

由於周文還未醒，所以敬茶時只有小秀一個人。

小姑娘孤零零的站在那裡，看上去乖巧又可憐。她奉上茶，改口叫了「爹、娘」，梅氏立刻笑咪咪的將一只金鐲子套在小秀的手腕上。

「現在娘只能拿出這個，妳先戴著，若是覺得樣式不喜歡，改天去找一個老師傅把樣子改一改。」

其實這鐲子的款式，已經是現在縣城裡那些有錢人家的小姑娘中最流行的了。這還是之前梅氏特意去縣城一間老鋪子精挑細選後，讓鋪子裡的老師傅拿她從前的一對鐲子改的。梅氏這麼說，不過是因為心存愧疚，想哄小姑娘更開心一些罷了。

梅氏心裡難受得不行。這可是她的嫡嫡親的兒媳婦呀！若是從前，她肯定讓人把庫房裡的奇珍異寶都搬過來，讓兒媳婦隨便挑。可是如今，人家小姑娘對她兒子不離不棄，她卻迫於不能公開身分，只能拿這麼一件最不顯眼的東西，她簡直都沒臉見人了。

小秀摸了摸那個戴上去後感覺沈甸甸、明顯是實心的金鐲子，下意識就想將鐲子退還給梅氏保管，讓她留著應急用。這幾年，周家又是蓋房、買地，又要花錢給周大哥治病，小秀猜想，這鐲子怕是自家婆婆最後一件值錢的東西了。

可當她對上一向大方的梅氏望過來那「依依不捨」的複雜目光，卻心中一動，一不小心就想岔了。這不只是婆婆最後一件值錢的東西，還是她從周家帶出來的最後一個念想，與周家最後的關聯吧？

腦補了很多的小秀同情的看了自家公公一眼，如果這樣的話，那這鐲子還是由她來收著吧，免得婆婆看到了睹物思人，影響她和現任公公的感情。正好趁此機會，讓婆婆與過去徹底告別。等周大哥醒了，他們一家人就要開始美好的新生活了，那些負心人就不要再出現了。

這麼一想，小秀便把戴著鐲子的那隻手背在身後，語氣溫柔地梅氏道：「謝謝娘，這鐲子兒媳就收下了，過些天我就去把這鐲子的樣式改了。若是從傷心之地帶出來的東西，就要和那些不值得的人一起，該捨就得捨，該忘就得忘，該棄就得棄。娘，您別難過，以後我和周大哥都會好好賺錢養家的。等有了錢，我們就給娘買一只分量更足、樣式更漂亮的鐲子送給娘。到時候，就讓公公陪您一塊去選，保證選一個您最喜歡的樣式。」

在兒媳婦殷切的目光敦促下，周秀才拚命忍著笑，點頭表態。「小秀說的沒錯，從今兒起，我就每天抄書賺錢，早點攢夠錢給妳買鐲子。」

周秀才送給一對新人的是一幅字，是他親筆書寫的「佳偶天成」，這幅字最下面蓋的是青書先生的私印。小秀現在只認識一些生活中常見的字，「佳偶天成」四個字她還沒有認全，她自然不會知道，蓋有青書先生私印的作品是多麼貴重。所以，小秀只把它當作一份值得珍惜的長輩的心意，好好收起來。

等小秀帶著那幅字出去了，梅氏才帶著些不確定，問向周秀才。「兒媳婦剛才說的是我想的那個意思嗎？她怕我還惦記著文哥兒他那個爹，因為一只破鐲子睹物思人？」

周秀才忍著笑點頭。「她就是這個意思，她還在教妳要珍惜我這個眼前人呢。估計是妳剛才望著那鐲子的眼神讓人家誤會了。」

這真是一個美妙的誤會。周秀才忍不住誇讚了一句。「小秀這孩子真不錯，是一個孝順的好孩子。」

梅氏哭笑不得的白了他一眼。「青書先生還是趕緊去抄書，好好攢錢給我買鐲子吧。我總算知道了，原來兒子這動不動就許諾抄書賺錢的毛病，是從你這裡學的。他前陣子不是還和兒媳婦許諾，要抄書賺錢給兒媳婦開酒樓嗎？真是的，爺兒倆一個德行。」

梅氏去看周文了，周秀才也美滋滋的去寫字了。小秀忙完了，就開始滿院子轉，苦苦思索賺錢養家的法子。

如今這時節，田裡和菜園是沒法子可想了，只能靠山上的東西發家致富了。

小秀正打算喊上周小武，再叫上大黑，一起去山上轉一轉，就聽到有人叫她。

「小娘子、小娘子，妳過來一下！」

小秀轉了一圈，才發現是躲在牆角乘涼的清虛正一臉神秘地朝她招手。

第七十二章

小秀見清虛叫她，還以為是要跟她說周大哥的事，立刻跑了過去。

這位清虛道長可是一個會享受的，他這個牆角並不是隨便選的。陽光照不到，又通風，絕對是乘涼的好地方。他還不知從哪裡弄來一個特別大的蒲團，往牆角一擺，他自己閒適地側臥在上面，簡直再舒服不過了。

小秀想到周文那明顯紅潤許多的臉色，面對清虛時，臉上忍不住帶上一抹討好的笑容。

「道長，您叫我過來有何吩咐？周大哥還沒醒，我已經按道長的吩咐，按時將那藥丸用水化了餵他服下，可還有其他需要注意的嗎？

「對了，我在井裡吊了一些野果子，道長要不要嚐嚐？還有，您中午想吃點什麼，我再叫小武去抓條魚？」

昨天那盤紅燒魚，這位道長一個人就吃了一條半，小秀便打算今天再做一次。

「哈哈哈哈，周家小子那裡，妳就按我說的那樣，按時餵水、餵藥就行，不必時刻守著他，該醒的時候自然就醒了。我叫妳過來，倒也說不上是什麼吩咐，只是一個建議。貧道覺得，昨日那紅燒魚的做法有些太普通了，小娘子今日能不能換一種做法？貧道口味有些重，喜鹹，又好酸辣，聽說小娘子會做一種酸菜魚，味道甚好，若是沒有酸菜了，那水煮魚聽起來也不錯。」

小秀想著這位道長昨日的吃相，還有剛才那一臉神秘的樣子，一時間竟然不知道該說些什麼好。

這樣一位高人，這麼愛吃，真的好嗎？

「成，道長若是想吃，我一會兒就帶小武捉魚去。只是我要離開一會兒，周大哥那裡，就要拜託道長照顧了。」

清虛聽到滿意的答案，就把手伸到懷裡掏啊掏，最後終於掏出一顆似石似木、中間有孔的小珠子。

「貧道囊中羞澀，銀子是付不起的，這顆珠子就送給你們夫妻當伙食費吧！小娘子不如現在就回房去，找一根紅繩將這珠子穿起來，貼身戴著。我這珠子不是凡物，別人可是求也求不來的，它不只能保平安，還可安魂定魄，妙處很多。若是妳家相公三日後還沒有醒，小娘子也可將這珠子給他佩戴幾日。作為答謝，這些日子的飯食還請小娘子多多用心，花樣越多越好。」

小秀看著他掌中那顆小小的珠子，遲疑了許久，才伸出手將它拿了過來，握在掌心中。

她曾經見過這珠子，這是周行之隨身佩戴之物。有一陣子，她突然魂魄不穩，周行之曾將這珠子捨出來，讓她借住了一段時間。

據周行之所說，這東西是他們這派那個不靠譜的祖師爺留下的，雖然看著不起眼，卻有大用處，是一件不可多得的寶貝。而這件寶貝，現在竟然到了她的手裡。

「小娘子千萬別不拿它當一回事，我這寶貝本是給看中的小徒弟準備的。誰想到眼看到手的小徒弟竟然飛了，成了人家小娘子的相公了。唉，天意呀，徒弟沒收成，還要搭進去一顆珠子，老道這次可是賠本了，虧了、虧了。」

清虛還要再勸幾句，小秀已經聽話的回屋，找一根紅繩將珠子穿上，戴在頸前。她戴著珠子在周文的床榻邊坐了好半天，才想起自己還得出門。

「周大哥，我先去山上了，你再睡會兒，一會兒我就回來了。今天外面的天氣特別好，若你能早點醒過來，咱們就一起出去放風箏，好不好？」

等小秀再次踏出房門，清虛便開始催她。

「小娘子不是要出門嗎？快去、快去。貧道剛才替妳算了一卦，小娘子今日出門會有意外收穫，可飽口腹之慾！」

小秀再次無語。

她喊上周小武，又帶上大黑，一起往山上去。走沒一會兒，就看到祈浩他們安營紮寨的地方了。

小秀他們路過的時候，一群大男人正圍著剛搭的爐灶，研究煮飯的事。見小秀兩人一狗路過，立刻起身，聲音洪亮地和他們打招呼。

「祈大哥，你們怎麼住在這裡呀？這山上的蚊蟲特別多，你們還是去老鄉家裡住吧。不是說那些土匪都已經被滅了嗎？不用特意守在山裡吧？」

祈浩見到初為人婦的小秀，多少有一些不自在。

「我們接到命令，還要在這裡把守一段時間，免得有漏網之魚流竄回來禍害老百姓，若住在老鄉家裡，不容易發現情況。你們這是？」

周小武晃了晃手上的桶子。「我和嫂子要去捉魚。」

「家裡有客人，捉兩條魚添個菜，回頭若是能捉到，我們給祈大哥也帶兩條。你們這裡做飯的調料齊全嗎？若是缺些什麼，一會兒和我一起下山去拿吧。」

等小秀和周小武拎著幾條魚下山的時候，祈浩已經等在半路上，他的腳邊堆著兩隻山雞和兩隻野兔。

「大家巡邏時順手打的，妳帶回去加個菜吧！」

祈浩還記得當初他空手上門，只好臨時在這山上獵了一些山雞和野兔做禮物，當時小姑娘高興得不行。他也不知自己是怎麼想的，剛才小秀一走，他就鬼使神差的帶人去轉了一圈，收穫了這些東西。

小秀沒有和他客氣，將兩條魚留下，帶著這些山雞和野兔就下山了。這次的山雞和野兔都是死的，要趕緊回去處理。

離開祈浩駐紮的地方沒多遠，她就停下了腳步，向山下望去。果然如她猜想，從她現在站的地方望下去，隱隱能看到周家的後院。她試著回想了下剛才祈浩他們所在的位置，那樣的高度，正好可以將整個周家納入眼底。

小秀帶著一絲猜測轉頭去看周小武，小少年臉上蹭了些灰塵卻不自知，見她望過去，立刻笑了笑。小秀也對他笑了笑，然後裝作什麼也沒發現的樣子，繼續往山下走去。

第七十三章

小秀回到家後，面色如常地先去查看周文的情況，確定他安然無恙後，她就喊了小武過去陪周文，她自己則進了廚房忙碌起來。

將飯菜做好，便去跟梅氏夫妻倆商量請祈浩等人上門吃飯的事。清虛聞到香味，已經自動在桌旁找了一個位置坐了下來，一心等著開飯。

「我剛才聽祈大哥的意思，只要確認這裡沒有危險，他們就要走了，也不知到時候相公能不能醒來親自表示一下謝意。祈大哥他們救了整個村子，又對咱家有恩，正好今天得了這許多肉，天氣熱也不能久放，我就都做成菜，公公不如趁此機會，請他們上門吃頓飯表示一下感謝？

「咱們到現在也不確定那些黑衣人到底是什麼來頭，萬一他們真的不是土匪，而是周家那邊有人派過來的，那周大哥豈不是還在危險中？公公不如順便和他們提一提，讓他們直接住到咱家後院來吧。那幾間廂房收拾收拾，都是能住人的，總好過他們一直住在外頭風吹日曬的，還得防那些蚊蟲。」

梅氏聽這話有幾分道理，等小秀走後，她便和周秀才商量，讓他就這麼辦得了。

「就憑鄭老將軍昔日與周、梅兩家的關係，他注定只能和我們綁在一條船上了。如今祈家小子被鄭老將軍派過來，不管他這次是否真心出力，他在昏君的人眼中，都已經成了咱們這邊的人。既然如此，咱們也別顧忌那麼多了，不用白不用，今兒你就直接請那些孩子們住到家裡來吧。人家大老遠過來給我兒子保駕護航，總不能讓人天天在外面吃苦受累的。再說，他們這些擺在明面上的護衛，可比老王爺留給咱們的暗衛有震懾力多了。」

有軍隊的人在這裡，希望那個總是自以為精明卻總辦蠢事的昏君，能有所顧忌。還有自家兒子那個爹，但願他這次別再猶豫不決、當斷不斷的了。

「要我說，文哥兒既然已重鑄命牌，再也不用受人箝制，那咱們也乾脆別躲了，索性直接撕破臉得了。不管過兩天先上門的是哪批人，無論是敵是友，只要敢找上門的，就都先把人打趴下，打服了再說其他的。再有，有些事也得提前給兒媳婦透點口風了。日後，她早晚是要隨文哥兒一塊進京的，早早讓她知曉實情，我也好提前教導她一些東西，起碼也要讓她能自保，總好過將來臨上京才慌了手腳。」

「師妹，小秀那邊妳先別忙著透口風，一切等文哥兒醒了再說。倒是這銀錢方面，妳可以適時地露一露家底了，人家小姑娘冒著搭上一輩子的風險嫁進來，總不能真的讓人家天天吃苦受累吧？再說文哥兒醒來後，也要好好進補。雖說講故事的時候，說的是你們娘倆被掃地出門，但當家夫人手裡有些私房錢，不是很正常的？」

在大多數情況下，梅氏還是很聽師兄的話，因此兩人很快達成了共識，決定將事情繼續隱瞞下去，卻不知小秀因為無意間的一個發現，心中已經有了小小的懷疑。而懷疑這東西，一向是有了開始，就會無限擴大。

周秀才將周小武喊了過來，讓他去山上請人。

聽說是兩位長輩派人來請，祈浩還以為他們有什麼事要吩咐，趕緊帶著人下了山。

等周家父子陪著祈浩一行人以及清虛道長開始推杯換盞，小秀這個新媳婦就去了梅氏的屋裡，陪她一起吃起了小灶。

小秀一邊照顧婆婆吃飯，一邊細心的留意外面的動靜，估計盛上去的菜吃得差不多了，她就會出去再給他們添些菜。等一行人吃飽喝足，小秀收拾完廚房出來，就看到祈浩他們帶著行囊下山來了，她又趕緊指揮眾人，把後院的廂房收拾兩間出來，又給他們燒了炕，烘了烘潮氣，安排完幾個大男人的住宿問題，小秀才回屋歇息。

進屋關好門，她才吐出一口氣，放鬆下來，接著拖著有些疲憊的身軀爬到床上，躺在周文身邊，面對著他。

「周大哥，你真的只是一個被趕出家門的富家少爺而已嗎？」

她也是今天在山上碰到祈浩時才產生懷疑的，他們選擇安營紮寨的地方實在奇怪，那裡根本看不到村子那邊的情況，卻能將周家院子裡的動靜看得一清二楚，如果有什麼事發生，還能迅速趕到。再聯想到周大哥受傷那天，祈浩異常緊張，帶著那群人自動自發忙裡忙外，還把周家守得如鐵桶一般，小秀心裡就有了一些猜測。

她腦子笨，想來想去，也只想出了請客吃飯這樣的試探方法。沒想到，這個簡單的法子還真讓她看出了點端倪。

她去找公公、婆婆說要請祈浩他們回來吃飯，還有她說想請他們到自家來住，順便保護自家安危的時候，兩人一絲猶豫都沒有，更沒有露出一點抗拒的意思，這可與他們近日恨不得時時閉緊門戶，不許任何人靠近的防備不符。

小秀藉添菜的機會還觀察到，祈浩和他的人對桌上的三位長輩，似乎存著一種莫名的敬畏，就好像他們面對的是什麼了不得的大人物一樣。

這一切讓小秀大致可以確定，那位據說正巧雲遊路過、在小武「誠心相求」下才上門來救人一命的清虛道長，與自家公公、婆婆本就是舊識，兩位長輩對他還十分信任。而祈大哥與他們也是相識的，只不過關係沒有那麼親近罷了。

「只要不是想要傷害你的人就好。周大哥，我很聰明吧？我用一頓飯，就給你賺來好多護衛。」

這時的小姑娘靠在心愛的人旁邊，笑得好像一隻偷了腥的小貓。

小秀得到那顆珠子的當天晚上，就在入睡前把紅繩戴到了周文身上。那顆戴在她身上只是一個小小裝飾品的珠子，在周文胸前卻隱隱散發出瑩瑩的光芒。

自從懷疑的種子生根發芽，小秀就覺得自己有點不正常了，她現在不管看誰都覺得怪怪的，曾經讓她覺得無比熟悉的周家，都有些陌生起來。

比如那位依舊窩在牆角裡的清虛道長，她現在就覺得他乘涼的那個角落很不簡單，恐怕有什麼玄機。還有自家公公、婆婆，她現在甚至懷疑，他們一直是分開睡的，堂屋那些桌椅的位置總是有移動過的痕跡就是證據，還有婆婆床榻上那只有一邊有人睡過的痕跡。

三日回門那天，小秀拒絕了周小武的護送，將他推到自己屋裡，讓他再三保證絕不離開周文半步，這才拎著幾樣禮物回門去了。

不遠處的山林間，祈浩站在那個最好的觀察點，默默看著小秀一個人拎著幾樣吃食往娘家走，心裡酸酸澀澀，不知是何滋味。

如果當初他能夠堅定一些，能夠說服爹娘來提親的話，一切會不會不一樣？

他拚命甩頭，想讓自己甩掉這可怕的想法。如今她與他的身分已經天上地下，有些事連想都是一種褻瀆了。

「小秀，妳好慢啊，我都等妳半天了，妳再不出來，我都要曬暈了。」

小秀走到半路，就遇到二丫。小丫頭明明是怕她一個人回門難過，故意等在這裡要陪她回門的，卻偏偏還要找一個藉口。「小秀，我和我奶吵架了，沒地方去，我陪妳一起回門，去嬸子家蹭頓飯吃，成不？」

兩個小姊妹手拉著手往楊家走的時候，梅氏正拉著周秀才嘀嘀咕咕。

「你有沒有覺得，小秀這丫頭這幾天有點緊張過頭了？她該不會是發現什麼了吧？按理說不會啊！還有，她這幾天總是偷偷瞧咱們倆又是怎麼回事？這孩子這兩天總找藉口往我屋裡跑，她是不是今天一大早就去收拾堂屋了？壞了，肯定是你睡在堂屋的事被發現了。現在家裡住的人越來越多了，你今天晚上趕緊搬回來住。」

第七十四章

梅氏剛說完讓周秀才晚上搬到她的臥房去住，正在打掃院子的士兵就聽到屋內傳出「撲通」一聲，他正要出聲詢問，就聽到梅氏的一陣大笑聲。

屋內，周秀才滿臉通紅的坐在地上，被梅氏笑得恨不得立刻長出一雙翅膀飛到山上，離家出走一回。

過了一會兒，一雙纖纖素手伸到了他的面前。

「師兄，你準備一直在地上坐到兒媳婦從娘家回來嗎？」

周秀才根本不敢去拉她的手，仍然坐在地上裝鵪鶉。

梅氏笑嘆了一口氣，然後突然板起臉，一本正經地對這個傻男人說道：「當年我與他和離，帶著重病的文哥兒還有小武離開王府，可不是什麼權宜之計，也不是做給外人看的一場戲，是我和他兩個人真的再也走不下去了。失望太多，等待太久，最後就成了厭倦和怨恨，再留下去，就只能互相傷害甚至自相殘殺了。所以從那一刻起，我就已經徹底斬斷那些過往了。如今，他只是文哥兒的生父罷了。」

她停了停，特意給這個傻男人留了一點思考的時間，然後才問道：「師兄，等度過這場危機，孩子們自有他們的路要走，你有什麼打算？你願不願意陪我這個小老太婆，一起留在這窮鄉僻壤卻自在逍遙的地方度過餘生？」

男人半天沒有反應，梅氏惱羞成怒，起身就往外走，卻被人一把扯住跌倒在地，某個一直沒有起身的傢伙自動自發當了她的肉墊。

「不騙我？也不會突然反悔，一下子跑得不見人影？」

梅氏揉著被撞疼的額頭好想罵人，可是看他一臉不敢相信、小心翼翼確認的模樣，又軟了心腸，重重點了點頭，算是做了承諾。

笨男人摟著她，在她耳邊說了數十遍的「我願意」，聽得梅氏終於不耐煩起來，扳著手指頭開始提要求。

「名聞天下的青書先生，聽說你消失的這幾年，你的字畫已經升值數倍了。你要不要趁這會兒得空，再去畫幾幅畫、寫幾幅字？我依稀記得，我還有一只鐲子沒有著落呢。再說，要在這裡養老，你起碼得給我依山建個莊子吧？那莊子起碼不能比忠勇王府在京郊的莊子差吧？這親雖然不用成了，我懶得折騰，但是嫁妝你得給我補一份吧，這是做為娘家師兄理所應當給的。我原先喜歡的那些家具、衣裳、首飾什麼的，你也得給我重新置辦出來吧，這是不是一個夫君應當做的？小秀喜歡這山，我也挺喜歡的，你怎麼也得給我買幾個山頭吧？跑馬場和練武的地方也得準備吧？」

梅氏越說越得瑟，她頭一次覺得，她家老爺子當年給她撿回這麼一個不愛習武、偏愛舞文弄墨的師兄回來，是一個十分英明的決定。

就這樣，在某人沈睡不醒的時候，他的「後爹」終於轉正，有了名正言順的身分，同時背負了巨額的「甜蜜債務」。

小秀和二丫沒走多遠，就遇上前來接她的楊順子和小虎，二丫的臉騰地一下就紅了。

「順子哥、小虎弟弟，你們是來接小秀的吧？那我就先回去了，我突然想起家裡還有些活計沒做呢。」

小秀拉著小丫頭的手不肯鬆開，還笑著逗她。「妳剛才不是說和妳奶吵架了，沒地方去嗎？不去我家蹭飯了？妳不會想躲到山上哭去吧？」

二丫瞥了一眼楊順子的臉色，連忙否認。「不是的、不是的，剛才和妳開玩笑呢。我可孝順了，我才不會和我奶吵架呢。我是怕妳一個人回門路上不自在，我才特意過來等妳的。現在有人來接妳了，我就先回家了。」

小秀偏偏就是拉著她不放手，兩個小姑娘扯來扯去的，就鬧到了一起。

楊順子就是擔心妹妹自己回門會不自在，這才特意迎出來的。如今聽了二丫的話，他心裡一暖。難得這個小丫頭也有這份心，看起來妹妹還挺喜歡她的。

這樣挺好的，小姑娘間肯定有很多話聊，有了小姊妹陪伴，妹妹的心情也能好一點。

他看著她們玩鬧了一會兒，這才笑著開口：「妹，時候不早了，爹娘還在家等著呢，咱們回家去吧。二丫也別回去了，妳多陪陪小秀，中午就在我家吃吧。」

二丫立刻不鬧了，紅著臉蛋，低著頭走在小秀身邊，看著比小秀還像剛嫁人的小媳婦呢。

小秀才離開家三天，再回去就有種與親人分別許久的感覺。已經嫁人的小姑娘，硬是賴在她娘懷裡撒了半天嬌。徐氏更別說了，見到閨女差點當場抹起眼淚來。等她們娘倆膩歪完，人家二丫都已幫她們把菜摘好了。

小秀走進廚房，一看徐氏準備的東西，嚇了一跳。

「娘，一會兒爺奶他們也來嗎？」

「他們不過來了，說是等文哥兒好了，讓妳帶他去老宅吃飯呢！」

「娘，今天就咱家這幾口人加上二丫，您備這麼多菜幹啥呀？」

徐氏只是呵呵傻笑。

閨女在家的感覺真好。

二丫坐在門口，一邊洗菜，一邊樂呵呵看著娘倆忙活。

楊順子帶著小虎去給楊老爺子、楊老太太送菜，二丫自己湊了過來，一臉神秘地和小秀說起了悄悄話。

「小秀，我告訴妳一件事，妳肯定還不知道呢。妳成親那天，許晴來找過順子哥了，他們兩人在妳家後山說了半天，然後許晴就哭著跑走了。我們好幾個去送親回來的人都看到了，春妮當時還說，許晴是因為妳家和周家成了親家，她娘想攀上秀才老爺家，才讓她來勾引順子哥的，我卻覺得不是。

「我也是最近才發現的，許晴她娘那個人……唉，其實骨子裡和她哥哥、嫂子是一樣的。許晴現在的日子有點不好過呢，她家人現在一門心思就想給她找一個有錢婆家，許晴卻已經琢磨明白了，她說只想找一個肯疼她、會過日子的人。

「我今天早上聽到我奶和二嬸嘮嗑，說許晴她娘怕是相中張家那幾個小子了，最近一直和張家那幾個嬸子套近乎，我估計她是相中大壯哥了。其實許晴的條件不錯，她爹娘要是肯好好為她打算，為她找一門可靠點的親事，許晴肯定能把日子過好的，她其實挺能幹的。」

小秀沒說什麼，心裡卻也是認同的。

對一個姑娘家來說，成親就是第二次投胎。若是嫁得不好，下半輩子就會多受好多苦。希望許晴這次能堅持一下她自己的立場，下半輩子過的是人是鬼，可全看她爹娘給她找什麼親事了。

飯菜豐盛，再加上小虎的耍寶，以及活潑的二丫，小秀的回門飯吃得熱鬧極了，跟過節一樣。雖然周文的缺席是一個大大的遺憾，但大家都儘量避免提到這件事，只挑高興的事說。

吃完飯，二丫搶著幫忙收拾完就先告辭回家了。臨走前，她還約小秀過兩天一起去山上摘果子、釀果酒。

楊有田夫婦這才找到機會，小心翼翼的安慰了自家閨女幾句。

「閨女啊，老話說得好，大難不死，必有後福。文兒哥這幾回都是有驚無險，連在那土匪刀下都能得救，就說明他是一個有福氣的。妳放心吧，這個坎兒，文兒哥肯定能過去的，他肯定會醒過來的。」

小秀不想讓家人跟著自己擔心，便拍著胸脯下了保證。

「陳老大夫說了，周大哥快醒了，就是這幾日的事了。他還說，周大哥這次是因禍得福，這次好了之後，他的身子骨細心調理一段時間，就會徹底恢復，和咱尋常人沒什麼兩樣了。」

楊有田夫婦聽了，忍不住雙手合十，嘴裡嘀嘀咕咕的，也不知道在感謝哪路神仙。

第二天早上，小秀準備做大滷麵。

她先將滷子做好，將麵備好，就去餵那兩隻母雞，然後又在前、後院轉了一圈，想看看有哪些活計，她好趁開飯前都忙完，結果發現自己除了做飯，已經毫無用武之地了。

院子裡被借住的人打掃得乾乾淨淨，連柴房裡都堆滿了柴。馬和狗都有人餵過了，馬廄和狗窩也都收拾得乾乾淨淨的。

小秀覺得，讓自家公公將祈浩他們請回家來住，真的是賺到了，讓她沒想到的是，更大的驚喜還在後面。

小秀準備了三種滷子，黃瓜雞蛋、炸醬肉丁、茄子肉丁，還額外備了黃瓜絲、蔥絲、香菜末、青椒末，這些食材在桌上擺滿了長長一排，讓人看了就特別有食慾。

等祈浩帶人從外面回來，小秀就開始下鍋煮麵。這幾個士兵都飯量驚人，她連煮了三鍋麵，才把所有人餵飽。

祈浩這次出去，又帶了兩隻山雞回來，小秀看著那兩隻咕咕叫的雞，眼裡直放光，彷彿看到銀子在招手。

還沒等她想好怎麼和祈浩說一說這山雞供應的事，祈浩就主動提起要給借宿費和伙食費的事。

這幾天，祈浩已經將他帶過來的人陸續撤到鎮上，這邊只留下他自己、老常和五個人的精英小隊。在接到下一個命令前，他們都要想方設法賴在這裡守護這一家人。做為借住者，他們自然不能天天吃白食。

周秀才和祈浩兩人推來讓去的，一個堅決不收銀子，一個堅持要給，最後還是梅氏發現小秀那一副明顯有話要說的小模樣，拍著桌子制止他倆的扯皮。

梅氏拍了拍手。「祈家小子，這事你和我們老倆口說沒用，我家是兒媳婦管家，你有事就和小秀商量吧，我們家的伙食和銀錢都歸小秀管。」

突然就成了傳說中那個當家主事的人，小秀趕緊坐直身子，擺出一副談判的架勢，將她的想法說了出來。

祈浩全程只做了兩個動作——微笑和點頭。

最後，兩人達成的協議是：祈浩的人只需要自備糧食，其他的食宿都以獵物相抵。獵物數量沒有特別要求，有就給，沒有就算了。不過他們要在離開前教周、楊兩家男人們一些簡單的打獵技巧，重點培養對象是楊順子和周小武。

關於這一項，小秀的要求很簡單，只要教會他們怎麼尋找和捕獲山雞、野兔就行了。

祈浩聽了她的要求，還主動附贈一項硝皮子的手藝。他早就聽說小秀把他送的那幾隻野兔都養了起來，用來繁殖小兔子了。

「我手下有一個小兵，硝皮子是他的家傳手藝，回頭讓他去妳家裡教一教順子兄弟，學會了這門手藝，那兔子皮就不用出去花錢找人硝製了。」

小秀覺得祈浩真是她的貴人，她昨天回家看到那兩窩剛生出來的小兔子，就在考慮將來賣兔肉和硝皮子的事了。如果大哥真能學會這門手藝，那簡直太有用了。

因為覺得自己在這次談判中占了太多便宜，在接下來的日子裡，小秀就總是想著用各種美食補償他們，把人家的嘴都養刁了，導致幾人後來回到軍營，好長時間都不能適應那大鍋飯的味道。

「家裡如果有什麼體力活，妳就喊我們來做。我聽說周秀才家裡還有幾畝田是順子兄弟在種？這兩天就開始秋收了吧？正好這幾日空閒，到時候我們也過去幫把手，早點收完莊稼，順子兄弟也能專心和我們學打獵、學手藝。」

事情定下來後，小秀就開始在心裡默默計算儲冬菜過冬的事情了。

過了中秋，就是大規模的秋收了，天氣會馬上冷下來，很多東西的物價也會調漲。所以小秀準備早做打算，將兩家過冬的事情都提前打算好。

娘家那邊，今年除了多備點糧食外，就不用她操心了，絕對能過一個富足年。

而周家這邊，那五畝田的租子也足夠自家五口人的口糧了。

等掙到了第一筆銀子，她也準備拿去買糧。趁著新糧剛上市，陳糧價格最低的時候多存些。

有了糧食，她就有了底氣。

祈浩他們的糧食自己解決，她只要解決過冬的蔬菜和肉食就行了。

小秀整理好了思路，這才去了梅氏那屋。

她剛開始說自己和祈浩的約定，以及自家今年過冬的安排和打算，梅氏就迫不及待地捧出一個小匣子拋給她。

小秀打開一看，裡面有五十兩銀票，以及總共五兩多的碎銀子。

「娘，您又去當東西了？您以後……」

梅氏不自在的左看看、右看看，扭扭捏捏的開了口。

「我和那個負心漢和離的時候，其實偷偷帶了一些東西出來，雖然這幾年用了不少，但剩下的也足夠咱家人花用了。這些妳先拿著，不夠再來找我要。」

小秀暈乎乎地捧著匣子回到新房，又暈乎乎地抱著匣子爬上了床。

她坐在周文身旁，感慨了一會兒。

這種前一刻還在為銀子絞盡腦汁，後一刻就變成小富婆的感覺太奇妙了，讓人飄飄然。雖然只是代管，但這親手捧著沈甸甸銀子的感覺，可真是太好了。

小秀美滋滋的感慨了一會兒，這才豪情萬丈的起身，將小匣子裡的銀票和銀子分別藏好，接著就爬回床上開始每日的夫婦聊天日常，這是她嫁過來後養成的新習慣。

她在異世看到那些電視劇裡都是這麼演的，男主角昏迷不醒，女主角就會每天陪在他身邊，拉著他的手和他說話，不停的說啊說，男主角就會醒過來了。小秀從嫁過來那天開始，就開始這樣做了。

一開始，她只是老老實實的坐在床邊說幾句，慢慢的，就變成一邊幫他擦臉、擦手，一邊和他說話。

再後來，大概是因為知曉她的「男主角」不會這麼快醒過來，她的膽子就慢慢大了起來，乾脆直接拉著手。到了現在，她現在整個人都在床上，正趴在周文旁邊，手裡握著人家的一縷頭髮繞來繞去，說到高興的地方，還會伸手「不經意」的擦過人家耳邊。

總之，就是小動作不斷，沒事吃點小豆腐。

這會兒，她已經從和祈浩的約定，說到剛剛抱回來的銀子上頭。

「周大哥，這些銀子的用處我已經想好了，那幾塊碎銀子我單獨拿出來包好，留著家裡存糧用。其他的，就給你留著做私房銀子。

「周大哥，你放心吧，就算你再也不能回那個周家，也不能繼承你爹的財產，當不了富家公子也沒關係。咱們好好過日子，將來一起賺大錢，讓你當一個特別有錢的秀才老爺。」

在她低頭給自家相公編頭髮玩的時候，身邊那個人已經悄悄睜開了眼睛。

這時候，小秀已經說到了她的新發現。

「我原本已經確定公公、婆婆是分開睡的，結果今天我起得早，竟然看到公公從婆婆的屋裡出來，剛才我還偷偷看了一下，那床榻上又變成兩個人睡的樣子。難道前幾天是公公惹婆婆生氣了，所以被趕去睡堂屋？今天他們又和好了？」

她正疑惑不解，身邊的人突然一陣猛烈咳嗽。他這絕對是被自家小媳婦的大膽嚇到了。

「周大哥，你醒了?!」

小秀萬分驚喜，趕緊扶他坐起來，又幫他倒了一杯水過來。

周文好半天才緩過勁來，望著因為他醒來而歡喜異常的小丫頭，忍不住調侃。

「這是哪家的小娘子，膽子怎麼這樣大？竟然連公公、婆婆的私事也敢窺探？如果她現在認個錯，叫一聲『夫君』，我就好心幫她瞞一瞞，要不然，小娘子就等著抄寫一百遍家規吧。」

第七十五章

周文醒來，一時沒忍住就逗弄了自家娘子幾句，惹得小娘子紅著臉逃難似的跑出去喊人了。

自家人的激動、欣喜自不必說，楊有田一家人得了小武上門送的信，都是一路跑著過來的。

徐氏挎著雞蛋籃子、楊順子拎著兩隻捆了翅膀和雞腳的母雞，最先衝進院子，與祈浩差點撞了個正著。

周文雖然醒來了，卻仍然虛弱得很。他這次醒來，也不過陪著長輩們說了一會兒話就又睡著了，直到傍晚才醒過來。

他才剛醒就喊餓。

小秀早早就煨好了雞湯，用那湯做底給他煮了一大碗的銀絲麵，連麵帶湯被吃得乾乾淨淨。

軍醫老常一拍大腿。「得！能吃能喝，就說明身體正在一點點恢復呢。這些日子多給他做點好吃的，補一補，不過要儘量少量多餐，不能一次吃太多。」

老常又叮囑幾句照護時要注意的問題，就急匆匆地鑽回他在後院的屋子，研究陳老大夫送他的那本醫書。
對於在戰場上見慣生死的老常來說，只要沒有生命危險的病人，就都不值得他關注了。甭管是什麼身分，反正該說的他都說了，該囑咐的也都囑咐了，他的任務就算完成了。
對於老常這種態度，小武先是不滿的拉著小秀嘀咕了幾句，然後就不聲不響的趕著馬車去了鎮上，直接把陳老大夫接了過來。
陳老大夫的說法和老常是一樣的，小武這才放下心來，露出了笑模樣。
老常聽說陳老來了，立刻屁顛屁顛地跑來，想找他請教那醫書上的兩個方子。見到這樣的情形，哪還有什麼不明白的？他挺大的一個人，也耍起了小孩脾氣，對著小武又是瞪眼睛、又是冷哼不止的，哼得小武那孩子紅著臉縮在一旁不敢吭聲。
等到了晚上，小傢伙就偷偷溜去後院，給老常賠禮道歉去了。
老常這個驢脾氣上來了，還有些拿喬。他現在已經知道了這兩位公子的身分，忍不住要刺上兩句。
「你可是忠勇王府的小公子，我可不敢讓你給我賠禮道歉。」
唇紅齒白的少年抬起頭，一雙黑漆漆的大眼睛眨了眨，一臉認真地糾正道：「我不是忠勇王府的小公子，我只是我娘的兒子，我和那個男人沒關係，我現在是我娘和秀才爹的兒子，常大夫不要再弄錯了。」
老常僵住了。

一腳踏進門只聽到後半段的祈浩眉頭直跳。

周文醒來的當天晚上，清虛就在飯桌上抿著小酒，開始提要求。

「如今人救了回來，貧道也算功德圓滿，這就要告辭了。感謝就不用了，只要給貧道多備點路上的吃食就行，像那燻雞、燻兔肉、燻魚都多做點，貧道身體好，揹得動。」

小秀痛快地應下，心裡卻在琢磨別的事。

第二天，祈浩就帶著小武和另外兩人鑽進山裡，直到天將黑才回來。

每人背後的筐裡都收穫滿滿，野雞、野鴨、野兔子應有盡有，還抓了兩隻肥鳥，驚得小秀攔著祈浩一個勁地叮囑，打獵不能同一個山頭一直來，小秀是真的擔心照這樣下去，山上這點東西都要被他們捉光了。

小武這孩子跟著在山上跑了一天，小秀怕他傷著、碰著了，特意把人拉到一旁關心了半天，又笑著問他覺得今天好不好玩？有沒有學到什麼東西？

小武臉色怪怪的，支支吾吾不肯吭聲，還時不時去看祈浩的臉色。

小秀誤會了他的意思，柔聲勸道：「別急，你還小呢，再說這才第一次上山，不要心急，多看多做，多給祈大哥他們打打下手，等上山的次數多了，自然就能摸到竅門了。只是在山上時要聽祈大哥的話，要跟上大家，不要淘氣，也不要亂跑。」

小武心虛地點頭。

祈浩忍不住咳嗽了一聲，適當的誇了小傢伙幾句，然後就扭過頭去不敢和小秀對視了。跟著他們一起上山的另外兩個人面色也怪怪的，像是在忍笑。

到了飯點，徐氏又來上工了，小秀給她娘打了一會兒下手，就先回屋去照顧周文了。

清虛離開的前一天，院子裡燻雞的香味久久不散，這氣氛卻有些凝重。

梅氏從早到晚都板著臉，不知道在生誰的氣。清虛的臉色也不太好，來來回回往周文的屋子裡去了好幾趟。

這個家裡唯一沒受這氣氛影響的，大概只有小秀了。

倒不是她心大，而是她正在打著別的主意，沒留意到這些。

清虛臨行前，最後一次去見周文，盯著他的面相看了又看，還是忍不住勸道：「文哥兒，你祖父給你取名文，給外面那孩子取名武，就是希望你們將來能一文一武，輔佐下一代君主治理天下。你爹也是一樣，不管他再混蛋，都不曾忘記過忠勇王府的使命。貧道希望你也能以天下安危為己任，能……」

周文終於抬眼迎上他的目光。

「再繼續窩窩囊囊地委曲求全、步步退讓嗎？忠勇王府做了什麼，要天天一副我有罪的樣子，對龍椅上那位的荒唐之舉一再容忍？道長剛才那話說錯了，不是我忘了自己的責任，而是你，還有那位忠勇王爺，忘了自己的使命到底是什麼。」

他正了正身子，連音量都沒有提高，卻字字如刀。

「先帝設立國師之位，還將兵符交給忠勇王府保管，不就是因為他清楚自己兒子的德行，對他不放心嗎？這才賦予你們莫大的權力，讓你們監督龍椅上的那位，輔佐他有所作為。而你們呢？幹了什麼？一味的以和為貴，用維護天下安寧為藉口，對他一再縱容。你們現在是在維護大慶朝的長治久安嗎？你們是在助紂為虐，幫著那個廢物禍害天下百姓。

「我看兩位是安逸得太久，久到甘願做一隻自欺欺人的井底之蛙。等此件事了，兩位不如結伴出去走一走、看一看，看看外面的世界已經變成了何種模樣，看看大淵已經強大到了什麼地步。」

清虛如被雷擊一般，站在原地半天才能出聲。

「所以你就讓人將太子遇害的事透露給太孫知道？你這是想讓大慶有一個大逆不道、謀逆犯上的君主嗎？」

周文淡然一笑。

「道長應該慶幸我沒有那個大逆不道的打算才是。比起繼續保護一個對兒子諸多防範、見死不救的昏君，道長覺得擁護一個有才有德、愛民如子的太孫殿下上位，哪裡不好？道長敢說，我讓人透露給太孫的消息不是真的嗎？敢說當年太子殿下與太孫妃南巡遇難的事，與龍椅上那位一點關係都沒有嗎？」

他到底身體還未徹底恢復，說完這些便忍不住咳嗽起來，特意避到院子裡的小秀適時來敲門了。

「道長，飯菜已經準備好了，我爹他們還等著給您踐行呢。」

小秀這樣說著，卻一直站在房門口，擋了清虛的去路。她待清虛走近時，突然伸出一隻手，掌心朝上，舉到清虛面前。

被周文的話攪得心神大亂的清虛一時沒有反應過來。「貧道身上沒有銀子。」

小秀狡黠地笑了笑。「那些吃食都是我特意為道長做的，是為了表示感謝，怎麼會收您的銀子呢？道長要走了，有一樣東西還沒有還給我們呢，我想道長一定是太忙忘記了，所以只好自己開口向道長討要了。道長，請把周大哥的命牌交給我吧！」

「妳要他的命牌幹什麼？妳護不住它。要是再落到別人手裡，後果不堪設想，還是由貧道保管吧。」

小秀慢慢收回手，也收起臉上的笑意。

「可是對我來說，道長也很可能是那個別人。既然是對周大哥很重要的東西，自然還是我們自己保管比較好吧。反正道長也不打算在命牌上動什麼手腳，那還不如交還給我們自己操心呢。」

清虛一點也沒將小秀放在眼裡，他拂塵一甩，身形一動，就到了門外，與笑意盈盈的梅氏面對而立。

「師伯，自家孩子不懂事，讓您見笑了。不過，我倒覺得小秀說得沒錯，師伯此次回京有大事要辦，這東西不如就交給我來保管。師伯對文哥兒的再造之恩，謹記在心，終生不敢忘。只是幾年前那一幕，我是再也不想經歷了。要不然，師伯乾脆當著我們的面，將那東西毀了吧！」

周秀才嘆了一口氣，也過來幫腔。

「師伯此次進京，是想阻止那位動手，還是想助他一臂之力呢？如果是想去阻止，怕是會無功而返，反而牽連自身，倒不如流連山水，抽身旁觀，保全自身輔佐新帝。若是前去相助那位剷除王府，助紂為虐，只會讓他變本加厲。今日他鏟除周家，您給遞刀子；明日他對王家、李家、鄭家、趙家、宋家天下百家動手的時候，您也給他遞刀子嗎？」

清虛靜默不語良久，這才手掌輕翻，一塊晶瑩剔秀的玉牌現於掌中。

第七十六章

雖然有過這一番對峙，清虛離開的時候，周秀才還是帶著小武送了一程又一程，久久才回。

留在家裡的梅氏則板著臉，把小秀叫到自己屋裡好生訓了一通。大意就是下次再有這樣的事，不可擅自作主，有事一定要提前和他們商量之後才能決定，不可一個人外出、不能再貿然行動等等。

不管梅氏說什麼，小秀都乖巧地點頭應下，態度好得不得了，連梅氏都沒看出她早已神遊天外，腦子裡已被之前聽到的消息，驚得一片空白。

等到了晚上，小秀盯著周文胸前那顆珠子看了一會兒，然後突然伸手將珠子握在自己的手心，擋住了它的光芒。

「周大哥，這珠子是道長送給我的。他說這是一個好東西，說這珠子能護平安，還能定魂安魄，能幫助你早點醒過來，我就把它給你戴上了。周大哥，道長會不會在這上面動手腳啊？要不然，你還是先把這個摘下來吧，萬一他……」

白日裡，清虛與周家人那場對峙，讓小秀怎麼想怎麼也不能安心。分不清敵友的人送的東西，還是少接觸為妙。

「無妨，他沒騙妳，這的確是一個好東西。臭道士總說我有慧根，又天生六情淡薄，每次見面都勸我跟著他去修道呢。這原本是他給我準備的入門禮，他們這些人，的確有些神奇手段，雖沒有他說的那麼誇張，能超脫輪迴，不老不死，但也的確有些效用。」

周文將那紅繩摘下，把珠子戴到小秀身上。

「好好戴著，別弄丟了，說不定哪天就會派上大用場。還有，他的事情妳不用擔心，我們不會成為敵人的。祖父去世後，一直是他在護著我和我娘，如果真想害我，他也就不用費心救我了。他這人有時精明，有時想法又天真得很，之前只是沒想通，一時鑽了牛角尖罷了。」

清虛之前還在夢想著皆大歡喜，自以為是的打算著先幫那個昏君收了周家的兵權，他再護著周家，將周家人都送走，就是兩方都周全。

可惜，惡狼是永遠不可能放過沒有反抗之力的小綿羊的，而周家也不可能放任自己成為任人宰割的綿羊。

這一次沈睡，周文在睡夢中已經擁有了那一世周行之的全部記憶，他很同情那個很多世以後傻乎乎的自己，又為自己的果斷下手早早將媳婦娶回家而沾沾自喜。再一想到那老道既要擔驚受怕地加緊趕路，又要捶胸頓足地心疼他這顆珠子，以及那被毀掉的命牌，他笑得就更加歡快了。

小秀貪看這笑容回不了神，直到那人偷偷吹熄燭火湊上前來，她才害羞的低下了頭。

遲來的洞房花燭夜，餓了許久的某人一點也不像久病之人，一直折騰到了大半夜才雙雙睡下……

第二天，小秀起得難免有些遲，還一反常態地沒有去廚房幫忙，家裡幾位長輩心裡便有了數。

梅氏親自下廚做了一道紅棗糕給她送過去，徐氏更是將養在後院的老母雞殺了一隻，熬煮濃濃的一鍋雞湯，嚷著給小倆口一起補一補，羞得小秀更不好意思出屋了。

自從周文醒來，小秀的變化顯而易見，那歡樂的情緒感染著身邊每一個人。

她臉上嬌俏的笑容中滿是歡喜，再也沒有那些暗藏的愁緒，整個人比在娘家時還要活潑了幾分。說起她正在籌劃的小生意，也是一副有了主心骨、有所依仗的模樣。

新婚燕爾，兩人依舊各忙各的，並沒有時刻膩在一起。只是，兩人會時不時相視而笑，會在對方需要時恰好遞上一杯溫水，會在對方需要時恰好來到他身邊，幫忙搭一把手。

周文身體好了一些，除了每日檢查兩個小傢伙的功課外，他還會在書房中忙碌。有時候，祈浩會陪他一起，兩人待在書房對著地圖或沙盤研究許久。

每當這個時候，小武便乖巧地守在一旁端茶、倒水，順便光明正大的偷師。

楊家終於開始收玉米了，梅氏作主給徐氏放了假，小秀便接手所有的日常家事。

關於做生意這件事，小秀現在的心態淡定了許多，期待遠遠大於忐忑。自從有了梅氏給的銀子，她潛意識對漫長的寒冷冬季還有餓肚子的恐懼，終於消減了許多。不過她還是決定了，等祈浩他們離開後，她就要去把那幾兩碎銀子都換成糧食存起來，以防萬一。

之前因為周文受傷，花費了許多銀子，嚴冬又將至，小秀這才想趁著祈浩他們在這幫忙，趕在中秋時賣一批煙燻野味掙點銀子以供生活所需。如今有了銀子做底氣，她反倒有了更多心思去研製新的吃食了。

小秀在給清虛準備路上的吃食時，就有了新的靈感。

煙燻的東西雖然能多放幾天，但存放的時間還是有限，而且味道也會受些影響，倒是她在異世見過的牛肉乾更好一些，既能存放，又禁得起長途販運。

雖然大慶朝不允許吃牛肉，但其他肉，如今家裡是不缺的，她自然要嘗試一下。

幾番試驗，終於有了第一批肉乾的出爐。

小秀給梅氏和周秀才留了一份，又給自家爹娘、兄弟留了一份，然後才端著成品去了周文的書房。

她到的時候，祈浩正皺著眉頭，盯著桌子中央的沙盤看。周文在一旁愜意的喝茶，小武則拿著一碟地瓜乾當零嘴吃。

這是小秀試製肉乾前拿來做試驗用的，現在已經成了一家子都鍾愛的零嘴了。小秀看大家都喜歡吃，準備到時也把這地瓜乾做一些拿去賣。

因為親眼見證周文醒來後小秀的改變，祈浩也終於徹底放下過去那一點心思，將小秀完全當成妹妹看待。他吃了口這新吃食，不顧周文的眼神示意，很是中肯的給出建議。

「味道還不錯，沒有腥味，也挺有滋味的。不過，這個老年人和小孩子都吃不了，太考驗牙齒了，而且一斤肉乾得費好幾斤肉吧？」

小秀笑咪咪地點頭，又遞了一片魚肉乾給他。

「這個不是過節要賣的，我準備到車馬行去賣給那些要出遠門的人。這原本是我給祈大哥你們準備的乾糧。你前兩天不是說，要出一趟遠門，而且走的都是野外，很多時候都來不及打獵補給嗎？我就準備了這個，味道好，管飽，而且甭管你走多久，保證不會壞。其實還可以試著把糧食做成類似這樣的乾糧，那個吃了更管飽，帶著也方便，不過那是把做熟的米糧弄成這樣，味道肯定不行，我就沒做了。」

周文「砰」地一聲放下茶杯，祈浩激動地站直身子，兩人都眼睛發亮的盯著小秀，看得她莫名其妙。

在兩人強烈的要求下，小秀當場就做起了那乾糧。實際上，就是按照她的理解仿製異世軍隊用的乾糧。因為用的是土法子，最後出來的成品效果肯定要差上許多，但對於祈浩他們這種臨時出趟遠門的也夠用了。

一向淡定的周文，聲音聽起來都有些發顫。「一會兒把老常也叫來，讓他學學這兩個法子，然後再帶人研究改良一下，目前只要能滿足半個月的長途行軍需要就行。」

小秀覺得自己已經完成了任務，就準備跑回娘家送肉乾去了。

臨行前，她又建議了一句。「若是由常軍醫來做的話，那煮米麵的時候還可以往裡面加些藥材，比如防中暑的。」

至於他們要做什麼，小娘子表示這就不歸她管了。還有這些人時不時冒出來的奇怪對話，她更是完全能做到聽而不聞。反正最近奇怪的事，她已經見得太多，人們愛說什麼就說什麼吧！

在小秀看來，比起自家上半夜熱情如火的相公，每到下半夜就沒了人影，孤身一人跑去後山吹冷風這件怪事，其他的事都不算怪了。

要不是因為小秀嫁過來後，為了照顧周文睡眠都變淺了，但凡身邊人有一點動靜就會醒，周文半夜去後山的事，還真不會這麼快就被發現。

小秀剛發現這件事時，還小小糾結了一下。

她這是應該知道呢？還是要繼續假裝不知道呢？

後來，她見周文離開一會兒就會安全返回，身體也未見異樣，她也就放下心來，假裝什麼都不知道。反正她只要知道，自己嫁到了一戶神秘人家，相公還是一個有很多秘密的人就行了。

正好，她自己也有一個大秘密，兩個人算扯平了。

第七十七章

現在家家戶戶的玉米都已經收割回來了，玉米都被剝了皮，鋪在院中晾曬著。

這幾日，但凡種了玉米的人家，都要找藉口來楊有田家轉上一轉，看看那傳說中能代替人給玉米脫粒的機器是啥樣子？好奇這玩意兒到時候是怎麼工作的？也都存著到時候能借用、借用的心思。

不管誰來，老實人楊有田都很歡迎，遇到那些提問題的，他就只管呵呵笑。

「這我可不知道，得問我女婿去。我一個只識得幾個大字的人，哪懂得那些？我家女婿說了，等哪天玉米晾曬得差不多了，他就過來幫忙弄。你們要是想知道，到時候就一塊來看唄！」

有村民起鬨，問楊有田。

「老楊二叔，您剛才那話說錯了吧？咱們平常不是都說，我一個大字不識的人怎樣怎樣嗎？您啥時候還識得幾個大字了？」

說到這事，楊有田可就驕傲起來，一揚脖子，說道：「我怎麼不識字？我只是認識的字少，才幾十個，不像我家兒子、閨女，都認識好多字，小虎天天在他姊夫那裡學習，學會了就回來教我們，還教狗蛋他們那些小娃子呢。我年紀大了，學得慢，不過自己的名字、牛羊豬馬、田地啥的，還是認識的。

「我識字少也沒事，咱家讀書人多啊，以後有啥事就喊上我家順子、小虎一塊去，要是他們也不認識的，就找我女婿過來，一準能行。」

低調了一輩子的老實人，這回是顯擺完女婿就顯擺兒子，顯擺完兒子就顯擺閨女。

小虎看了他爹那榮光滿面的樣子，第二天見到周文就主動要求加功課。

「姊夫，我得好好學，考個秀才老爺回來，讓我爹多歡喜、歡喜。」

周文摸了摸他的小腦袋，鼓勵道：「光考一個秀才老爺可不夠，我們小虎這麼聰明，可是要考狀元郎的人。」

於是小虎面前又開了一扇新世界的大門，他有了一個更大、更神氣的目標，從此越發用功了。

隔天，周文便帶著小秀回了娘家，給岳父大人撐臉面去了。

對著那些好奇上門的村民，他是有問必答，還給人家細細說了這脫粒機的工作原理，把人唬得一愣一愣的，直呼秀才老爺有學問，說的話他們都聽不懂呢。

楊有田美得不行，走路都帶風。

相比他的激動勁兒，徐氏可就淡定多了。

到了吃飯的時候，周文就拉著岳父大人和大舅哥躲在屋裡嘀咕了半天，也不知道說了些什麼，反正楊有田這頓飯吃得暈乎乎的。

中秋節前，周文選了一天，帶著兩家人去了縣城。

因為人多、東西多，一輛馬車肯定裝不下，祈浩特意提前一天回一趟閒來居，又趕來了一輛馬車。

天還沒亮，兩家人就出發了，到了縣城，正趕上街上最熱鬧的時候。

兩輛車在街口分道揚鑣。小武趕著一輛車，帶著四位長輩逛街去了。祈浩趕了另一輛車，拉著周文夫婦和楊家兄弟挨家酒樓和糧食鋪子去拜訪。

走了好幾家，車裡那些東西一樣都沒賣出去，祈浩看著仍在努力的兄妹仨，忍不住悄悄向周文請示。

「這樣問下去也不是辦法，我家在安縣也有酒樓和賣吃食的鋪子，咱們不如直接過去吧？」

周少爺摺扇一合，斜睨了他一眼。

「多謝，用不著。酒樓誰家沒有呀？這次你能讓他們把我家娘子帶來的東西都買下來，將來還能讓他們把這山上的東西都買下來？我家娘子呀，心善著呢，她不只想自己賺錢，還想帶著大家一起發家致富。」

祈浩無語。眼前這位少爺秀恩愛的樣子，怎麼這麼招人恨呢？不過也是他想岔了，這位要是願意，別說一家酒樓了，就是把這裡的所有酒樓都買下來給他家娘子賣野菜，也不是問題。

周文是一個寵媳婦的，他當初說要抄書為未婚妻開一間酒樓，那就真的開了。他原本的打算，是讓她能夠想做什麼就做什麼，她想賣什麼，他讓人買單就是了。可是這次他從昏睡中醒來，看到自家娘子歷劫歸來一般的成長，再想到她那個要把山上的寶貝都變成好吃的賣出去，帶著村民們一起發家致富的願望，就改變了主意。

也許，他應該適當的放手，讓她去闖一闖。若是累了、倦了、沮喪了，自有他在後面守候。

他喜歡為了讓一家人過上更好的生活而努力的她，喜歡縮在自己懷裡撒嬌、抱怨，轉頭就又活力滿滿的她。喜歡柔情似水望著他，眼裡再也裝不下其他的她，喜歡恨不得把全世界最好的都捧給他的她，更喜歡私下相處時，開始會耍小脾氣的她。

祁浩見不得某人那副深情的模樣，實在看得他牙酸，便開始討人嫌。「你準備什麼時候告訴她，你要和我們一起出遠門的事？」

「過了中秋節吧。」

這是他和她一起過的第一個團圓節日，他自然不能缺席。

祁浩有些擔心。「會不會有些遲了？遲則生變，畢竟京城那邊形勢嚴峻，咱們去邊關的這一路也危險重重。」

「沒事，依照那位的個性，決定要動手前，都要猶豫三日。」

祁浩無語。

說白了還不是某人兒女情長，捨不得早早出門。

「那理由呢，你想好了嗎？你準備怎麼對她說，說你出門做生意？」

周文笑而不語。

他家娘子是大智若愚，從那天攔住清虛道長開始，她心中怕是早有猜測，只是從來沒有問過他而已。

「我可是一個好夫君，自然要實話實說，怎麼能騙自家娘子呢？」

兩人正鬥著嘴解悶，就見小秀從酒樓裡出來，滿臉笑地朝馬車跑過來。周文立刻跳下馬車，迎了過去。

小秀直接撲到他身上，開心的摟著他直跳。「周大哥、周大哥，我終於做成第一筆生意了！」

祁浩趕緊轉身迴避。

嘖嘖，真是太膩歪了。

這幾日，也不知道是不是快過節了，人心都躁動了起來。

這一家子，是老的、少的一起折騰，膩歪起來讓人沒眼看。

人家周文和小秀是新婚夫妻，趁著閒暇之餘，一起拉著手去林子裡散散步、採採花，他們還能接受。可那位周秀才和他家娘子梅開二度，簡直是要和自家兒子比著來了。兩人天天丟下滿院子的人往外跑，今天找地方跑馬，明天夕陽下垂釣，後天清晨林子裡散步，大後天紅袖添香一起作畫，反正每天都能折騰出新花樣。

幾個單身的大老爺們被他們眼饞得整天心浮氣躁，恨不得明天就退伍回家娶媳婦去。

到了傍晚會合的時候，兩隊人馬都收穫頗豐。

小秀兄妹這邊，從失敗中汲取教訓，不斷改進推銷方式，還真的有所收穫。有的酒樓對他們的吃食感興趣，小秀就當場請人試吃，等人家買了，她又免費送上一小包果乾和菜乾，請人家有空的時候也試吃一下。

出乎意料的是，小秀他們零零散散賣了幾份樣品後，就遇到了一個識貨的老掌櫃，對他們這統一包裝的乾野菜、各種菜乾和山雞蛋感興趣，將剩下的貨都留了下來，還言明若是試吃合格後，就會和他們簽訂獨家供貨協議，讓他們先不要賣給別人。

這是準備壟斷貨源，囤貨冬天再賣了。最後，只有那果乾剩了一些沒有賣出去。

周文和祁浩兩人都懷疑是對方安排的人，待確定不是後，也是真心為他們高興。

小秀他們在拚命地賣東西，另一行人就在拚命買東西。最後回去的時候，車廂裡堆的東西比來的時候還多。這還沒有算上他們兩家交了定錢，只等店家送貨上門的幾百斤糧食呢。

看著這一車的東西，小秀的喜悅被打擊得只剩下了兩分。

她忍著心痛悄悄示意周文，她把婆婆給的銀票也帶上了，讓他只管挑兩本喜歡的書回去看，等她賺了錢，再補回去。

周少爺覺得，自家娘子是怎麼看怎麼可愛，尤其是這種時候。

到了晚上，兩人正情意綿綿的時候，小秀突然把人推開，一臉正色的探討起賺錢的事情來。

某人已經怒火中燒，就要把破壞氣氛的小娘子抓過來打一頓，聽到後面，又莫名被安撫住了。但到底意難平，夜裡難免折騰得有點過，把小娘子欺負狠了，再也不肯理他。

曾經叱吒風雲的小將軍只好又伏低做小的去哄，還把訂親時就開始準備的禮物拿了出來，這才哄得人收了眼淚。

誰知小秀雖收下禮物，卻看也沒看，就轉身睡了。

等到第二天早上，小秀才趁某人還沒醒的時候，悄悄打開盒子看了看。

裡面竟然是一套金首飾，還是異世常見的那種帶吊墜的項鍊、戒指、耳環、手鍊全套。項鍊和手鍊上面的吊墜是一樣的，圖案特別漂亮，小秀卻沒看出這是什麼，因為這些是不該出現在這個朝代的首飾。

小秀腦中各種想法都冒了出來，一時間既有些忐忑，又有些期待。

正在此時，一直裝睡的某人突然一骨碌爬起來，牢牢摟住自家娘子的纖腰。

「喜歡嗎？上次在咱家院子裡，我就見妳堂姊戴的那套首飾樣式很別緻，以前從來沒見人戴過，這才多看了幾眼，和她說了幾句話。本來我還想請她幫忙看一下我畫的這套圖紙呢，結果她卻突然湊了上來。還好娘子妳當時趕了過來，大發雌威，把人趕走，要不然為夫就危險了。這一套首飾就是我仿著她那套的款式自己設計的，原本準備訂親後早點去取回來拿給妳的，結果卻一直拖到了現在。對了，這個吊墜是我以前在邊關的時候……」

「先別說，周大哥，你可以不說的。」

小秀顧不得心中那一絲矛盾的失望，她突然轉身，捂住他的嘴。「不管你是誰，從前做過什麼、以後想做什麼，我都不在乎，我只要知道你是我的相公就行了。」

周文吻了吻她的手指，還是低聲將自己的身分和遭遇娓娓道來。

那些父母恩愛、父慈子孝的快樂時光、他對父親納妾這件事的憤怒、娘親的黯然神傷、那個女人的步步心機、娘親得知小武這個外室子存在時的失望、他的受傷、娘親的決絕離開，還有那些曾經快意馳騁疆場，將敵人斬於馬下的痛快淋漓……只除了他擁有了周行之的記憶，卻沒有繼承他那些稀奇古怪的能力這件事，其他的都沒有絲毫隱瞞。

結果，沒有驚訝與崇拜，有的只是一個哭得很難過的小娘子。

「周大哥，以後我會一直陪著你，還會一直一直對你好的。還有我爹，他可喜歡你了，他還說你這個女婿勝過一個兒呢，他也會疼你的。還有公公，他那麼喜歡你，所以你看，你現在有兩個這麼好的爹爹呢，不好的爹咱就不要了。你還有我娘、我大哥、小虎和小武，我們每一個人都會對你好、對咱娘好的，以後再也不讓你們吃一點苦了。」

等小秀出現在眾人面前時，眼睛紅紅的，鼻子也紅紅的，簡直就是一隻既委屈又可憐的小兔子。

知情的幾個人見她這副樣子，都猜出了點什麼。所以接下來幾天，眼見小娘子圍著周文團團轉，又對他百依百順的樣子，便都不吃驚了。

周文到底沒能等到中秋節後才出發。在中秋節前兩天，他就不得不啟程，隨祈浩一起出發去了邊關。

因為京城那邊突然出了變故，老皇帝突然下旨讓人圍困忠勇王府和國師所在的玄真觀，又羅織一堆莫須有的罪名，將太孫扔進天牢，之後便病重昏迷不醒。

大慶各方勢力都不約而同派出人馬趕往邊疆，此時，誰掌握了邊關大軍，誰就有可能成為最終的勝利者。

周小武想跟著他一起去邊關，卻被周文強行留了下來，美其名曰讓他負責保護家裡人的安全。

「大哥，祖父留下來的暗衛不是一直跟著咱們嗎？他們會保護爹娘還有大嫂的。你此去邊關太危險了，萬一鄭老將軍他們臨陣倒戈，轉為支持蘇貴妃一派，那你豈不是羊入虎口，再難脫身？不行，我要和你一起去，我帶著人在外面接應你。」

「胡說，雞蛋不能放在一個籃子裡，知道嗎？你和我一起去，萬一真的出事，咱們不是被一窩端了？你留下，若是……你就讓暗衛送你進京，接管王府，這是我與太孫之前的約定，他會幫你的。」

從來都乖巧聽話的小武，這次卻說什麼也不肯。

「大哥，你是周家這一代唯一的嫡子，這王府的將來還要指望你呢。娘就你一個兒子，你就這樣去冒險，她得多擔心呀？而我不過是娘好心接進府養的外室子，我沒爹沒娘，只有你們了。我不能什麼也不做，光待在這裡等消息。」

梅氏聽到他們的爭執趕來，聽到這番話，氣得差點給了小武一巴掌。

「胡說，從我將你從你娘的屍體旁邊抱回來那天起，你就是我的兒子了。你們兩個都得給我好好的，一個也不許出事。我已經下令將梅家留下的人馬都召集起來，他們大部分人會在沿途和文哥兒會合，其他的會趕過來保護我們。小武，這次你留下，暗七則帶著所有人跟著文哥兒走。蘇嫵上次派來的人都被殺乾淨了，他們再次派出來的人想要找到這裡，還早著呢。再說有了我和小武，安全沒問題，就算有萬一，大不了我們就進山去，我看誰敢跟著。」

眾人這幾天都見識到小秀的哭功和黏人的本事，周文決定提前動身的決定一說，所有人就都擔憂地盯著她。

可出乎意料的是，小秀這次卻堅強極了，一滴眼淚都沒掉。

她不僅沒哭，還幫他們收拾行李，準備路上的吃食和可能用到的東西，連那好不容易做成的乾野菜生意，都直接丟給了楊家兄弟。

決定從她家訂購乾野菜的掌櫃，先是和楊家兄弟簽了一份契約書，裡面註明明年五月前不得將這乾野菜再售賣給其他酒樓，接著就直接派馬車過來將貨拉走了。

小秀賺到銀子，一文錢都沒拿，全都歸了娘家。

自從周文離開後，小秀便天天看似如常地忙碌著，甚至，她讓自己看起來更加忙了。

第七十八章

某天，梅氏突然大手一揮，態度強硬地下了不準亂跑的命令。

從那天開始，周家人就不再出村子，甚至很少出門。梅氏更是直接要求小秀，只要出了自家院子，無論去哪裡，都要喊上自己或小武陪同，哪怕是回娘家也不能例外。

對於梅氏的要求，小秀什麼話也沒問，乖巧地應下。

她把剩下的山雞、野兔都交給楊順子養，自己開始讀書、習字，要不是梅氏這幾天狀態不好，異常焦躁，她還想跟著婆婆學一學梳妝打扮，還有繡花和算帳。

她知道自己資質有限，現在去學著當一個琴棋書畫樣樣精通的大家閨秀，她肯定是做不到的。

既然如此，她只能努力做更好的自己，每天努力一點點，進步一點點。

中秋節那天，楊有田一家提前去老宅送了節禮，留在那吃了晌午飯，然後就來周家一塊過節了。

周文出門前，特意去了一趟楊家，鄭重邀請岳父一家人中秋時來家裡一塊過節。這種團圓的日子他不在，家裡人難免要因為牽掛他而悶悶不樂，兩家人一塊過節，家裡好歹能熱鬧一些。

再熱鬧的席面也有散去的時候，圓月下，小秀一個人坐在窗前，手裡握著項鍊上的那枚吊墜，坐了大半夜。

她的思念與擔憂，也只有這樣獨處的夜裡，才敢表現出來。

自從開始練字，每一次思念那個人的時候，她就偷偷寫下他的名字。這一次，她也是習慣性的拿起小樹枝，在沙盤中練習了半個時辰的字，這才勉強有了睡意。

她強迫自己忽略掉後山隱隱傳來的刀劍相擊聲，慢慢沈入夢鄉。夢裡，有那個人的歸來，也有一份對未來的期許和忐忑。

中秋後就是真正的秋收了。

這一年，風調雨順，收成極好，老百姓臉上的笑容藏都藏不住。村民們揮汗如雨的忙碌著，眼看著一擔擔沈甸甸的糧食入了倉，這一年的辛苦終於有了收穫，每個人心中都是止不住的喜悅。

交完自家的稅，楊家人看著那空出來的一大片空地，再看看租種的那不用交稅的五畝地的收成，忍不住要再感嘆一番家有讀書人的好處。

小虎立刻拍著小胸脯向他爹保證，一定考個秀才老爺回來，讓他爹不用交稅，年年糧滿倉。

楊老爺子被自家孫子逗得直笑。

「我孫子就是有志氣。老二啊，親家老爺上次不是說，咱小虎是一個好苗子？那你就好好供，說不定哪天我們都能借上光，再不用交稅了呢。老大、老三啊，要是將來小虎去趕考，你們兩個可得幫襯幫襯。上次孫女婿來家裡看我的時候說了，小虎這幾年就跟著他們學習就行，等將來考過那啥試了，再去學堂見識見識，將來也就趕考去的時候花費多一些。」

楊老三提醒道：「爹，是童生試吧？」

對於楊老爺子的要求，楊老大和楊老三都痛快地應下了。

大慶朝這邊的規矩，有功名的人能惠澤本家，所以他們把希望寄託在小虎和平安兩個小傢伙身上。

晚上，楊有田兩口子躺在那裡嘮嗑，說著收成的事，還有家裡的糧食、牲畜，越說越開心。

再等兩年，大兒子就娶媳婦了，他們也能抱孫子了。小兒子也會越來越有出息，說不定真的成了秀才老爺，還會把他們接到城裡享福去呢。

還有閨女的肚子……他們很快就能抱上外孫了。

楊有田和徐氏聊著、想著，只覺得這日子真是越來越有盼頭了。

往年，他們總覺得天天睜開眼睛都在發愁。如今，每天睜開眼睛就覺得渾身都是勁兒。

夜色寒涼，小秀從睡夢中驚醒，小心翼翼的正要翻身，就感覺到身後那熟悉的溫熱氣息。她猛地轉身抱住人，眼淚成串往下落，很快就打濕了對方的肩膀。

「別哭，寶貝，以後我再也不會離開妳了。」

周文心疼得不行，想緊緊摟住懷中佳人，又怕壓到她的肚子，一時激動和興奮得難以自抑，連月來的陰霾和血腥的記憶都散去了，一心只想著從此以後要如何補償自家娘子還有她腹中的孩子，再無其他。

在這個遠離京城的地方，老百姓歡天喜地過年的時候，京城卻已經變了天。

血戰過後，太孫殿下登基稱帝，老皇帝退居皇家別苑，頤養天年，沒幾日就病重去了，企圖毒害老皇帝的蘇貴妃及其母家滿門抄斬。

忠勇王擁立新帝登基後，就堅稱傷病復發，無法再上朝，跟著前任國師大人雲遊去了。而那位上任不到半年的蘇王妃身染怪病，成了一個廢人，和她的兒子一起被丟到京郊的莊子上，苟且偷生。

新帝登基後，就免了一年的稅賦，還下達一系列新的發展教育和工農商業的政令。其中最讓老百姓受益的，就是免費私塾。

周家的一對龍鳳胎滿月的那一天，敲敲打打的來了兩隊官差，直奔周家。

一隊官差是來給周文送嘉獎令的，周文編寫出資找人印刷的那識字圖冊被朝廷選中，成了官府認可的孩童啟蒙書籍，也是官塾、私塾通用的一本教材。官府特此嘉獎這套圖冊的作者，除了嘉獎令，還有一千兩賞銀。

另一隊官差也是來送嘉獎令和賞銀的，這次被嘉獎的是老實人楊有田。楊有田在秋收後，便將自家的兩台機器拉到縣衙門，將機器獻給官府。楊家的賞銀只有二百兩，純粹就是意思性地表彰一下。

藉著官府送來的這些銀子，周、楊兩家順理成章的成了有錢人，並開始帶領村民們一起發家致富。

一年年過去，十里屯早已不是當年那個貧窮破敗的小村莊了，安北鎮早已經發展成了一個小縣城，安縣則成了新的府城。

城外還增建軍營，多了一處駐軍。這裡的將士和士兵常常調換，每一個離開後，都能在其他地方獨當一面。因為他們有一個厲害又神秘的教官，教官總是以面具遮面，獨來獨往。

楊小雪在小秀平安生下兩個孩子後，便悄悄離開了十里屯，說是出去闖蕩世界，從此一別經年，再無蹤影。

而劉水生當年從縣城回來後就莫名瘸了腿，他家人出了豐厚的聘禮給他娶回來一個媳婦，就是許晴。這兩口子倒是老老實實過起了小日子，直到楊小雪離開，才敢回村露面。

楊家已興起，楊家那位順子老爺憨厚，夫人二丫潑辣、能幹，夫妻兩人做起生意來，那是配合得當，一點虧也吃不到，還得了滿滿的好名聲。

多年後，小虎考中進士，入京為官，他才最終確認了自家那個「被富商爹拋棄，只得了些金銀補償」的姊夫的身分。

而對於這個發現，他已經很淡定了，只覺得果然如此。

哪怕後來他進宮面聖時，見到外甥和外甥女那位氣宇不凡的「乾爹」坐在龍椅上，他也不過微微一愣，便面色如常地跟隨眾人俯身行禮去了。

在那位帝王的案上，始終放著一封書信，上面寫著：「安時願做田舍翁，危時願血灑沙場衛邊疆」。

這是當年周文留給新帝的承諾。

周家早就依山建了山莊，裡面的一切佈置都是按照梅氏和小秀的喜好而建的，很多據說都是從大淵朝引進來的新東西，讓人看了忍不住嘖嘖稱奇。

青書先生周秀才陪伴愛妻之餘，還在山腳下建了一座書塾，閒來便教導幾個有靈氣的孩子。

小武則在成親後滿臉委屈地回了京城，接手王府的一應事務。只不過，小武夫妻倆喜歡兩頭跑，一年之中，最少也要在周家住上大半年。

小秀最終也沒能成為她心目中那種端莊大方的貴夫人模樣，實在是因為她學習的目標——她的婆婆大人生活得越發肆意張狂，半點也沒豎立榜樣。

不過，小秀可是將繡花和算帳學得很好，因為這兩樣她都是真心喜歡。前者可以讓她為親愛的家人們縫製出漂亮的衣衫，後者可以幫助她賺更多的錢。

周文也沒能學會養雞、養鴨、種田，不過，他可以陪著自己的財迷小娘子賺錢。

他們早已掌握了獨有的相處之道，從此歲月靜好，餘生有彼此相伴。

——全書完

2019年12月出版

良宸吉嫁

文創風 805～807

她上輩子的大錯，就是性子軟弱、腦子糊塗，
要逆轉這般命數，就得自立自強、慧眼識人，
拋開負心漢、反擊心機女，把握機緣嫁對良人！

知君纏綿意，幸逢未嫁時／葉沫沫

要不是她前世太傻太天真，怎會被親人聯手推入火坑，
遇人不淑又沒個名分，最終還枉送一條命啊！
如今她擁有識人的慧眼，就得警惕自己萬不可重蹈覆轍，
歹毒後母、欺主奴才，心機妹妹……任誰耍手段、使絆子，
她有的是自信，萬事都逃不過自個兒的火眼金睛，
還能適時出手反擊以作宣告，拒當任人拿捏的軟柿子！
可千算萬算，偏偏漏算了負心郎的長兄——陸宸，
奇也怪哉，無論前世或今生，兩人都沒那麼相熟，
他卻幾次出手相助，反讓她欠下了許多人情債，
不僅讓這一世的如意盤算亂了套，
原本如止水的芳心也逐漸掀起了波瀾。
她曾經視心儀這種感情為無用之物，
如今居然栽在他的循循「利誘」下，還點頭把自己給嫁了……

2019年11月出版

醫娘好神

文創風 802~804

穿越過來才發現自己不但是個苦哈哈的農村女，還少了部分記憶，
而且早已訂了親，卻又有個深情不移的鄰家大哥緊跟在旁，
她既要發家又要虐渣，還要找回記憶、應付桃花，日子會不會太精彩?!

右手救命左手虐渣 玩轉人生改天逆命／金夕顏

天可憐見，她怎麼會穿越到這麼破落的農村？
父親早逝，母親獨自拉拔兒女，偏偏大哥上戰場卻落得叛徒之名，
一家人在村子裡過得簡直就如落水狗，人人喊打！
幸好她葉紅袖穿過來了，也留著一身中醫本事，
哼，想欺負葉家？先被扎一針再說！
雷厲風行地懲治了惡人之後，她才知道自家不但苦哈哈，
自己還因為從山上摔下而傷了腦袋，失去部分記憶?!
到底當年出了什麼事，為何她會傷心到不顧一切非要上山不可？
那個追在她身後的男子，究竟是要拉回她，還是推落她的凶手？
唉～～那些記憶好像藏了很多秘密，但最大的秘密怎是自己竟已訂親?!
那麼隔壁剛返家的連家大哥，為何仍對自己如此有情，處處維護？
被一個古代農村男撩得臉紅心跳，她這現代新女性是不是太沒用了……

流浪貓狗介紹所

為流浪貓狗加油 和貓寶貝 狗寶貝 廝守終生(一定要終生喔！)的幸福機會

對人來說，貓寶貝狗寶貝只是生活的一部分，但妳（你）對牠們來說，卻是生活的全部，領養前請一定要考慮清楚——

▲ 能作伴一生的好狗狗　小尾

性　　別：女生
品　　種：米克斯
年　　紀：約莫於2017年年尾生
特　　徵：中小型犬，蛋黃色毛色，尾巴有一搓白毛，有一垂耳、一立耳
個　　性：喜歡跟著人趴趴走、安靜乖巧、親人親狗
健康狀況：已結紮，已打預防針

『小尾』的故事：

當大夥兒都期待著從106年邁向107年的跨年期間，在大雨滂沱的天氣裡，有一群小朋友正努力地拯救一群小小狗。

四隻小小狗兒們窩在樹洞內，洞口狹小且深，很難由成人救援出來，於是由還在就讀幼稚園的孩子們攜手合作，依序將狗兒們抱出，並交由中途做後續的安置及照料。

沒想到在一週後，有一位鄰居太太受中途所託，將一隻母狗、五隻小狗誘捕，經追蹤之後發現，原來前面救援的四隻小小狗，也是這狗媽媽的孩子，而這一家子後來被稱為「樹洞家族」，小尾就是其中的一員。

中途表示，小尾的特別之處在於尾巴有一搓白毛，好似小狐狸一樣，十分可愛；另外，小尾親人、親狗，很喜歡默默地坐在一旁陪伴，也喜歡將頭頂著人的手，示意要討摸摸。

安靜、乖巧的小尾很有靈性，非常適合做家庭的陪伴犬，歡迎有意者私訊臉書專頁：狗狗山-Gougoushan，將小尾領養回家作伴。

認養資格及注意事項：

1. 認養者須年滿23歲，有穩定經濟能力，並獲得全家人的同意。
2. 須同意簽認養寵物切結書，並讓中途瞭解小尾以後的生活環境。
3. 同意送養人日後之追蹤探訪，對待小尾不離不棄。
4. 同意讓小尾絕育，且不可長期關、綁著小尾，亦不可隨意放養。
5. 為讓中途對您有更深入的瞭解，中途會先有份線上問卷請您填寫。

來信請說明：

a. 個人基本資料：姓名、性別、年齡、家庭狀況、職業與經濟來源等。
b. 想認養小尾的理由。
c. 過去養寵物的經驗，及簡介一下您的飼養環境。
d. 若未來有結婚、懷孕、出國或搬家等計劃，將如何安置小尾？

文創風
809

病夫不簡單 下

國家圖書館出版品預行編目資料

病夫不簡單 / 指尖的距離著. --
初版. -- 臺北市 : 狗屋, 2019.12
冊 ; 公分. --（文創風）
ISBN 978-986-509-066-1（下冊：平裝）. --

857.7　　108018115

著作者　指尖的距離
編輯　王冠之
校對　周貝桂
發行所　狗屋出版社有限公司
地址　台北市104中山區龍江路71巷15號1樓
電話　02-2776-5889～0
發行字號　局版台業字845號
法律顧問　蕭雄淋律師
總經銷　知遠文化事業有限公司
電話　02-2664-8800
初版　2019年12月
國際書碼　ISBN-13　978-986-509-066-1

本著作物由北京晉江原創網絡科技有限公司授權出版

定價250元
狗屋劃撥帳號：19001626
網址：love.doghouse.com.tw　E-mail：love@doghouse.com.tw
版權所有 · 翻印必究　倘有倒裝、缺頁、污損請寄回調換